KB065716

문학과지성 시인선 452

당신이
어두운 세수를
할 때

김근 시집

문학과지성사

문학과지성 시인선 452

당신이 어두운 세수를 할 때

초판 1쇄 발행 2014년 7월 21일
초판 4쇄 발행 2023년 3월 27일

지 은 이 김근
펴 낸 이 이광호
펴 낸 곳 ㈜문학과지성사

등록번호 제1993-000098호
주　　소 04034 서울 마포구 잔다리로7길 18(서교동 377-20)
전　　화 02)338-7224
팩　　스 02)323-4180(편집) 02)338-7221(영업)
전자우편 moonji@moonji.com
홈페이지 www.moonji.com

ⓒ 김근, 2014. Printed in Seoul, Korea

ISBN 978-89-320-2630-5 03810

지은이는 2010년 서울문화재단 문학창작활성화지원기금을 수혜했습니다.

문학과지성 시인선 452

당신이 어두운 세수를 할 때

김근

2014

시인의 말

자주 길을 잃었다.

자주 나는 울었던가.

다시 잃으러 간다.

가고 가고 가는 수밖에.

2014년 여름
김근

당신이 어두운 세수를 할 때

차례

시인의 말

아버지께, 그리고 먼 곳에 계신 어머니께

길을길을 갔다

여자가 살을 파내고 나를 심는다
나는 아무 저항 없이 여자의 살에 뿌리를 내린다
내 실뿌리들이 혈관을 타고 여자의 온몸으로 뻗어
나간다
여자를 빨아먹고 나는 살찐다
언젠가 여자는 마른 생선처럼 앙상해질 것이다

옛날에도 그랬다

나는 커다란 종기처럼 여자에게서 자랐다
나라는 고름 주머니를 달고 여자가 길을길을 갔다

허허

혹 그대가 아니었나 몰라 어젯밤 어두운 벌판에서 베었던 수많은 꽃모가지들 아무리 칼을 놀려 베어도 잘린 자리에 끝없이 돋아 피던 그 밤의 꽃들이 실은 그대가 아니었나 몰라 간밤엔 마른 바람의 붉거진 등뼈가 휘두른 칼끝에 만져졌다 칼날의 한쪽으로만 달이 뜨고 지고 등뼈를 다친 바람이 떨어진 꽃모가지들 위에서 한 번 휘청거렸으나 그것은 시간의 일 한 백 년쯤이나 바람은 다친 등뼈로 내 앞에서 휘청거렸을지도 모를 일 그 한 백 년쯤 나는 또 꽃을 베듯 그대를 베었을지도 모를 일 달도 지고 뜨지 않는 칼날의 한쪽이 챙, 짧고 낮게 울었다 낭자한 세월인 그대 지난밤 벌판에서는 벌거숭이로 낯선 짐승 한 마리가 실은 꽃을 쥐어뜯으며 먹고 먹다 토하고 토하고 다시 먹고 하였던 것인데 정녕, 아니었나 몰라, 그 붉음이, 실은, 그대가, 자꾸 부스러지는 공기의 지층 위 그대라는 달콤하고 슬픈 종족이 새겨놓은 희미한 암각화에 홀려 나도 짐승도 꽃모가지도 바람도 벌판도 가득 붉어지지는 않았는지, 몰라,

소풍

처음 맡아보는 역겨운 꽃냄새를 풍기며 알몸의 여
자들이 알몸의 남자들에게 안겨 우르르 남자들 풀
밭 위로 쓰러지고 한몸으로 여자들과 남자들 풀밭
을 굴러다녀 풀들은 짓이겨지고 그들의 알몸에 푸
른 풀물 들어 풀잎에 베인 여린 살 속으로도 풀물이
스미고 속까지 온통 풀물 든 살들이 서로 섞여 풍경
도 제 색깔을 버리고 그들의 살덩이 속으로 그만 뛰
어들고 어느 살이 여자인지 남자인지 나무인지 하늘
인지 모를 오후 처음부터 여자였고 남자였고 나무였
고 하늘이었는지도 까마득히 잊어버리게 된 그런 오
후 지디진 반죽처럼 흘러내리는 저 살들 저 풍경을
누가 다 다시 따로따로 저 덩어리들을 빚나 빚나 아
흐 먹나 먹어버리나 나 그만 헝클어지고 사이다 병
같은 바람이 내 사타구니를 간지럽혀 *끄억끄억* 자
꾸 트림이 나 처음 맡아보는 꽃냄새가 *끄억끄억끄억*
트림에서는 나 그 많은 트림을 모아두면 내 몸도 역
겨워 부우웅 떠오를 것만 같아 그런 오후 소풍 가자
우리 알몸으로 재잘대는 시냇물을 따라 날 저물기
전에 비가 와도 풀밭으로 아흐 풀밭으로

밝은

어쩌자는 것이냐

검고 축축한 가지에 발가벗은 아이들이 주렁주렁 제 성기를 내놓고 매달릴 때 성기를 까뒤집어 빛을 발하다 덜 여문 그 빛 사흘을 못 가고 꽃처럼 시들어 질 때 그 시듦이 또한 당신의 공중에 구름을 불러와 그 묵직한 구름이 지상에 천만 개 다리를 뻗을 때 그 다리 아주는 지상에 닿지 못할 때 퍼렇게 그만 죽을 때 죽은 자리에서 바람이 자꾸 구멍을 찾을 때 음악 은 되지 못하고 소리만 커다란 바람이 내 온몸의 구 멍들로 엄습해 들어올 때 당신이 어두운 세수를 할 때 짐승도 인간도 아닐 때 당신과 내가 서로 몸을 바 꿔 입고 당신이 나고 내가 당신일 때 다시는 나는 내 가 아니고 당신은 당신이 아닐 때 남자도 여자도 아 예 버릴 때 우리의 발바닥이 우리의 얼굴을 알아보 지 못할 때 우리의 꼬리가 영영 우리의 머리를 만나 지 못할 때 당신과 내가 그만 당신과 나를 넘어 범람 할 때 떠내려갈 때 아예 사라질 때 그럴 때

봄은 당신과 내 것이 아닌 눈동자들로 분주하고
깨끗한 시체처럼
　저기서 여기로 그늘 하나 거리를 더듬으며 기어 기
어 오는데

새를 묻다

깃은 빛을 잃고 날갯죽지는 굳고 필경 개미들 탓이었겠지만 새의 눈구멍은 텅 비어 있었어 아이는 제 눈알이라도 뽑아 박아주고 싶었으나 제 눈알을 뽑은들 공중에서 내려다보던 한 시절이 되살아날 리 없었지 평생 높은 곳에서만 떨구던 눈물도 그럴 리 없다고 생각한 아이는 새를 꽁꽁 묻어 들키지 않으려고 풀더미도 덮어주었어 한데 새가 그사이 푸드덕 푸드덕 얇게 덮은 흙을 뚫고 날아가지 않았을까 아이는 며칠 동안 안절부절이었지 산그늘이 야금야금 풍경을 먹어치우는 어느 날 오후 제 얼굴도 반이나마 베어먹힌 채 아이는 마침내 무덤을 파헤쳤어 필경 개미들 탓이었겠지만 살은 사라지고 하나하나 없는 몸에서 떨어져 나온 깃털들은 불면 날아갈 것 같았어 그게 새였는지도 알 수 없는 뼈만 가지런히 누워 있었지 아이는 다시 무덤을 덮었어 또 며칠 아이는 오금이 저려 죽을 지경이었지 누군가 저처럼 무덤을 파헤치지 않았을까 걱정걱정하다가 어느 날 이번에는 다저녁때 다시 흙을 파보았는데 새는 사라지고

14

없었어 저녁은 너무 빨리 밤이 되고 아이의 눈은 텅 빈 어둠으로 가득 채워졌지 눈알을 뽑을 수도 없었어 어디서 밤새가 울었어 뼈만 남은 새가 날아서 우는 소리 같았는데 아이는 가만히 그 새가 없는 새 무덤에 얼굴을 묻었어 결국 무엇이었을까 너는

키스

네 키스가 너무 어두워, 이 잠도 너무 어둡군 겨우 더듬거리게 되잖아, 그건 골목길 까칠까칠한 담벼락만큼, 얼굴은 어디에 떨어뜨렸니, 네 손가락은 너무 많아 네 손가락에 간질여 죽을 것 같아, 우리가 버리고 온 자들은 무사할까, 이미 아스팔트에 빨려들어 갔을 거야, 내일이면 흔적도 없겠지, 추운 건 어두운 거니, 그건 따뜻하기도 해, 네 젖꼭지는 마치 얼음덩어리 같은 걸, 사납지 않게, 사납지 않아, 난 그만 희미해질 거야, 진심으로 넌 네가 또렷하다고 생각하는 거냐, 제발 파랗게 몸을 비비지 좀 마, 난 색깔이 없어, 우리가 단단하지 않은 건 다행이야, 그랬다면, 그랬다면 이 그을음 가득한 여관으로 숨어들지도 못했겠지, 집어치워, 혓바닥에도 소름이 돋아, 더러운 새끼, 공기의 맛도 어두워, 제길 신호등처럼 넌 감상적이야, 어디서 멈추려고 수작이야, 파랑파랑파랑, 팔랑팔랑팔랑, 얼굴을 네가 숨긴 건 벌써 눈치채고 있었어, 자꾸만 뭔가 네 얼굴을 쏠아, 가루만 폴폴, 가루만 가루만, 결국 네 키스는 전혀 밝아지지 않는

군, 이 잠은 너무 무게가 없어 자꾸 떠올라, 날아가
겠지 그러라지, 파상풍에 걸린 발처럼, 언제나 달고
다닐 수는 없어, 우리가 버리고 온 사람들의 숨소리
가 들려, 그건 아스팔트의 숨소리라니까, 아함, 하
암, 하품 같아 우리는,

대낮

환한, 환한 대낮에 너는 나를 때린다

길이 제 근육을 팽팽하게 긴장시킨다 너는 사라
지고

나는 금세 이완된다 내 몸을 이루던 성벽들

너무 쉽게 무너져 내린다 너 없는 풍경들

선명하게 다 삭은 몸의 단면들마다 인화되고

온전히 아스팔트는 되지 못하고 다만

흐려진 눈이 아스팔트의 어둠을 조금씩 베끼는
사이

조심스러운 무릎들 머리 위를 둥둥 떠다닌다

바람이 허리께에서 진저리를 친다 심하게

지린내가 진동한다 언제 이 몸을 다 맞추나 이런,
대낮

개구리 떼처럼 햇빛이 흩어진 몸을 뒤덮는다

저만치서 얼얼한 악관절이 조용히 덜그럭거린다

핏기 없는 하늘 겨우 웃음의 한쪽 입꼬리 파르르
떨린다

언제든 모르는 너는 모르는 나를 때려눕힌다

대낮, 너는 아예 없었다는 듯이 환한, 환한

나는 너를 낳은 적이

오래된 햇빛에서 배냇내가 난다 나는 너를 낳은
적이 없다

어른어른 계단은 무시로 흩어지고 어려서 구르며
타던 그네

그토록 모든 곳에서 떠나고 그토록 모든 곳으로부
터 돌아오는

그토록 힘찬 날갯짓으로 새는 그토록 자주 제 그
림자와 이별한다

푸르게 나무 녹슬고 꽃들 구겨져 다 해지고 네 눈
속 한 번도

내가 살았던 적 없는 세월 잘 안 벗겨지던 자작나
무 껍질 한 겹

바람은 눈 덮인 숲으로 가버렸다 영원히 이야기는
동면에 들고

발갛게 달아오르다 사그라드는 불잉걸 네가 살아
나를 보아도

우리가 채 태어나지 않은 철길 위 두근두근 튀어
오르는 동전들

잘 죽지도 않는 심장을 달고 귀를 펄렁거리며 온
몸에 소름 일으켜

내버린 양철 지붕 오다 사산된 빗소리 두둑 너를
나는 낳은 적이 없,

섬

섬에 가고 싶어,라고 말하는 그의 등은 넓었다 등
에 가려 창문 밖을 내다볼 수 없었다 등에 지도라
도 그려야 하나 상형문자라도 뒤돌아서자 돌로 만
든 어둠이 그의 등에 얹혀 있었다 그곳에는 늙은 할
미가 허리가 굽어 굽은 섬의 길들을 지네처럼 기어
다녀 그러다간 몸에서 가늘고 붉은 다리가 더 나올
지 모르니 그 섬에 가려는 것이지만 꼭 그렇다고는
할 수 없이 몸의 시간에서 마음의 시간이 떨어져 나
가 어느 시간에선지는 몰라도 섬이, 둥둥 떠다닐 때
가 많아 내 호리병 같은 시간에나 있는 그런 곳에 어
떻게 비집고 들어간단 말인가 그는 내 몸을 열려고
나를 붙잡았다 이 창문 너머 저 교회의 수많은 십자
가들 너머 아흐, 바다 건너 호리병 속에 바람이나 일
듯 할미가 나를 자꾸 불러, 야 이 새끼야 내 몸속엔
섬 따윈 없단 말야 몸부림을 쳤으나 그의 억센 손아
귀에서 벗어날 수 없었다 창문들이 흔들렸다 언뜻언
뜻 자꾸 우는 유리창에 상형문자처럼 도시 전체가
새겨지는 게 보였다 나는 대답하지 않았다 돌멩이들

처럼, 알아들을 수 없는 말들만 쏟아져 나왔다 어떤
질문도 그의 입에서 튀어나오지 않았으나 철썩, 그
가 내게 억지로 밀어 넣은 시간의 안쪽에서 다족류
의 할미가 기어 나왔다 크게 파도치며 내 온몸에서
으헤헤헤 웃었다 그만, 그의 섬에 가고 싶었다

언니들

언니들은 서로의 몸을 비벼대며 숲으로 간다고 했
다 어느 선술집에서 언니들은 내게 욕했다 욕설이
내 몸을 자꾸 간지럽혔다 시든 노래처럼 공기가 눅
눅하게 흘러 다녔다 언니들은 눈을 부릅뜨고 서로
의 머리채를 쥐고 흔들었다 머리가 한 움큼씩 뽑혀
나왔다 주먹질도 없이 언니들의 이가 후두둑 바닥
에 떨어졌다 언니들에겐 성기가 없었다 없는 것은 성
기뿐만 아니었는데 어느 날 그것들이 증발하듯 사
라졌다고 언니들 중 하나가 말했다 언니들은 곧 모
두 증발할 거라고 낯빛을 흐렸다 날이 흐리고 그해
첫 비가 후두둑 내렸다 도시의 벽돌들이 하나씩 젖
기 시작했다 나무들이 제 껍질을 여몄다 나는 눈물
로 볼이 빨갛게 텄지만 다행이라고 생각했다 언니들
이 당분간은 증발하지 않을 것 같아서였지만 언니들
은 서로의 몸을 비벼대며 숲으로 간다고 말했다 숲
은 멀었고 숲은 보이지 않았고 사실 숲이 있는지조
차 알 수 없었다 언니들은 목소리가 증발하기 전에
똑같은 목소리로 노래를 불렀다 노래는 범람했고 나

는 익사 직전에 술집을 빠져나왔다 언니들이 저희
목소리에 익사했다는 말은 듣지 못했다 이따금 어딘
지도 모를 숲에서 욕설이 가득 담긴 소식이 왔다 그
때마다 나는 조금씩 증발했다 거리에서 아직 나는
다 사라지진 못했다

앉은뱅이 왕

　수양버들 가늘고 긴 가지들이 대기를 연초록으로 물들일 때 그가 왔다 가늘고 긴 눈부시게 하얀 팔을 흔들며 가늘고 긴 영원히 구부러진 다리로 뒤우뚱거리며 흩어진 말을 주웠다 이제 막 피어난 꽃들이 자꾸 고개를 꺾는 오후 주름 많은 햇살 야윈 아이들은 모두 잃어버린 입을 찾아 검은 길을 떠돌았다 그는 발그레한 아름다운 입술을 가지고 있었지만 아이들은 제 잃어버린 입에만 골몰하느라 그의 입술을 보지 못했다 그는 검은 길에 자주 출몰하여 아이들과 키를 맞췄지만 아이들은 아무도 어른이 되지 못했다 늙고 늙기만 했는데 아이들은 입도 없이 끝없이 말만 흘리고 있었다 어쩌면 그 말들은 가늘고 길고 연초록의 빛깔을 가지고 있었는지 모르고 그는 또 끝없이 아이들이 흘린 말들을 줍고 있었는지도 모르고 늙고 늙기만 한 아이들이 이윽고 모두 검은 길을 떠난 뒤 그 어떤 오후에도 다시는 그를 볼 수 없었다 발그레한 아름다운 입술도 가늘고 긴 눈부시게 하얀 팔과 영원히 구부러진 다리도 검은 길 위에서 사

라지고 수양버들 가늘고 긴 가지들을 흔들어 연초록
으로 물든 바람은 한번 가서 다시는 오지 않았다 햇
살의 주름은 더 깊어지고 이제 막 피어난 꽃들이 더
자주 고개를 꺾는 오후 오후만 계속되었다

지극히 사소하고 텅 빈

첫 순간이죠. 이름을 기억하나요, 그대? 아무도 얘기를 안 했는지도 모르고, 아무도 얘기를 하지 않았는지도 모르고.* 나는 나를 무어라 불러야 할까요?

내가 여름날 아침 나팔꽃처럼 시들 때 그대는 벼랑 끝에 걸린 아름다운, 더러운 노을이 되시겠다구요? 첫 순간이죠. 어쩌면 마지막인가요? 그대는 또 무어라 불러야 할까요?

우리는 혁명을 기다리는 검은 그림자도 되지 못하고 그리움으로 뻗어나가는 푸른 이파리는 더더욱 되지 못하고, 하늘과 땅 사이를 쏘다니지요. 단지, 고삐 풀린 천사처럼.

기억하나요, 그대? 나라는 이름, 그대라는 이름, 이름이라는 이름, 혹은 잘못 붙인 무수한 명명들. 혹은 그 무수한 밤의 명명들.

아무도 얘기를 안 했는지도 모르고, 아무도 얘기
하려 하지 않았는지도 모르고.

* 장뤼크 고다르의 영화 「사랑의 찬가」에서 변용.

휴일

형상이 형상을 겁탈한다 물기 쪽 빠진다 산이 산을 구름이 구름을 내가 내를 들이 들을 길이 길을 흔들리는 풀꽃이 오호라 찢긴 나비를 겁탈한다 모두가 모두를 물기 쪽 빠진다

배신에서 배신으로 미끄러지는 한낮 몸 바꾸고 싶잖은 나는 터덜터덜 그늘로 숨는다 그늘이 그림자를 먹고 나는 명암이 희박하다 부르르 진저리가 쳐지다 어디에도 소 한 마리 보이잖는데 금세 땡볕 아래 소불알처럼 우후 나는 처진다

생산은 언제나 귀찮은 일 삶은 무수한 생산 안으로 쪼개져 숨었다 청맹과니 같은 죽음 때문에 몹시도 나는 바람 분다 우우우 나는 명암이 희박하다 우우우 빛나는 나이를 거들먹거리며 청년들이 거리에 가득하다

저 앞통수의 날들이 나는 무섭다 형상이 형상을

겁탈한다 앞통수가 앞통수를 겁탈하는 날들의 아아
아아 불설워라 저 분수의 아뜩함

뒷모습

　기다린 것은 언제나 뒷모습이었으니 이 뒤 저 뒤
가릴 것 없이 한결같이 뒷모습에는 한 마리씩 귀신
이 살아 머리 풀어 산발하고 온몸에다가는 피칠을
하고* 웃음이나 찌크려쌌기나 하곤 하였더랬는데 시
방 뒤돌아 가는 저 사람 제 뒤에 귀신 한 마리 붙어
다니는 줄 아는지나 몰라 손짓에다 소리까지 보태
어 불러를 보지만서도 목구멍에는 웬 흐엉흐엉 바람
이나 불고 자빠나졌는지 허참 그 자취 영영 뵈지 않
을 때까지 붙박여 서서 그 썩을 놈의 바람 소리나 흐
엉흐엉 내고만 있다가는 문득 속창아리 없게도, 내
뒷모습에는 어떤 놈녀러 귀신이 살아 어떤 모양으로
뻘건 혀를 한 자나 빼어 물고 다 썩어 문드러진 제
살이나 핥, 핥, 핥, 핥는가 궁금도 하여 이리저리 저
리이리 아모리 고개를 돌려나 보아도 그놈녀러 귀신
의 귀 자도 귀알테기조차도 보이지를 아예 않는데
언제나 내가 내 뒷모습에 철썩 달라붙어 끈덕지게
떨어지지도 않는 그놈녀러 귀신을 만나 서로 마주
앉아 한 잔 더 먹게 그만 먹게** 할 날이나 있을까

하면서 육시랄 놈의 기다리는 일이나 보채고 안달하고 멈추지도 못하고 앉아만 그저 있더란, 말하자면, 말이시,인데, 제 뒷모습을 떼어버리고 코가 얼얼이나하게 싱싱하기 짝이 없는 젊은 놈년들이 앞모습으로만 이 나를 지나쳐 지나쳐만 가니 헛 이거 참 환장할 노릇이 아니고 또 무어란 말인가, 목구멍으론 여적지 바람 소리만 흐엉흐엉 들고 나고 새고 자빠를 졌는데

　＊ 판소리 「춘향가」의 변형.
　＊＊ 단가 「사철가」의 변형.

33

까마귀 떼

뒤돌아서 가는 저
방금 본 사람의 얼굴이
기억나지 않는다 누군가
죽었다는 소식 너머
죽은 자의 얼굴이
떠오르지 않을 때처럼
그는 이미 죽었는지 모르고
까마귀 떼와 까마귀 떼 너머
까마귀 떼처럼 불현듯

내 얼굴이 기억나지 않는다

그녀는 내가 죽은 꿈을
꾸었다고 흐릿한 영정 사진을
얼핏 보았다고 했다 그 꿈에서
나는 죽었고 웃으며
문상 갔다고 꿈 밖에서도
그녀는 웃었다 눈부셨고

웃음 속에서 나는 또
얼마나 죽었나 얼마나 살았나
까마귀 떼 날아오지 않는다

밤에, 소년이 있었다

새가 되어 날아갈 것 같아요
소년이 내게 말했다 고요히
나는 소년의 솜털 부숭한
귓불을 쓰다듬었다 이따금
소년의 귀에선 내가 쓰다 버린
문장들이 흘러나왔다
나는 그 문장들을 기워
새를 만들었다 그보다는
내 가슴을 오려
새를 만들었으면 좋았을걸
어두운 벤치 위에 소년은
내 무릎을 베고 누웠다
가쁜 숨 몰아쉬며
눈동자를 흐리며 그만
눅눅한 공기 속으로 소년은
깃을 치며 날아갔다
나는 그저 돌아갈밖에
얇고 여린 소년의 껍질이

어깨 위에 가볍게 걸쳐진 채
자꾸 나부끼던 밤이었다

야음을 틈타

　청년이 청년을 벗겨내자 다시 청년이었다 청년의 벗겨진 청년들이 구겨진 채 바닥에 쌓여갔다 청년이 벗겨진 청년은 뻔뻔하게 청년의 웃음을 웃을 뿐 아무런 저항도 하지 않았는데 바닥을 뒹굴던 청년의 청년들이 점점 제 형상을 갖추더니 청년을 벗겨내고 있는 청년에게 달려들었다 앞으로 뒤로 옆으로 청년은 아무런 저항도 할 수 없었는데 청년이 한꺼번에 너무 많은 청년들에게 범해지는 사이 벗겨지던 청년이 이번에는 쉬지 않고 스스로 청년을 벗어댔다 청년이 벗은 청년들이 끝도 없이 청년을 벗겨내던 청년에게 달려들었다 청년들은 화상 자국에 눌어붙은 옷가지들처럼 청년의 피부와 한몸이 되어갔다 청년들을 떼어낼 수는 도저히 없어 청년은 하릴없이 밤새 뚱뚱해만 졌는데 온통 청년들로 덕지덕지 덧붙여진 무거운 몸 일으키지도 못하고 바닥에서 버둥, 버둥, 버둥둥거리고만 있는 청년을 뒤로하고 청년을 다 벗은 청년이 전보다 훨씬 더 청년의 모습으로 멀쩡히 문을 열고 밖으로 나갔다 남은 청년은 소년도 청년

도 노인도 사내도 계집도 그 무엇도 지칭하지 못하
는 청년이 되었다 검지에도 청년들로 피둥비둥 살이
붙어 갈 길도 잊고 뒤우뚱뒤우뚱 무게 때문에 푹푹
꺼지는 길 깊숙이 청년은 서서히 내려앉아 마침내
모습을 감추고 말았다 청년에게 엉겨 붙었던 청년들
의 조각 몇 개 어두운 길 위에 널부러져 간신히 청년
이기만 했으나 야음을 틈타 비명 하나 도착하지 않
는 밤이었다 청년이 사라지자 밤은 아무 일도 없었
다는 듯 굳게 입을 다물었다 그렇게 그런 밤 청년은
사라지고 사라지고 자꾸 지겹게 사라지기만 하곤 했
다는데,

푸른사내덩굴

사내는 어느 밤 길을 잃었다 길이 한번 그를 뱉어
내자 골목도 가로등도 보이지 않게 되었다 그를 뱉
어낸 것이 길의 주둥이인지 길의 똥구멍인지 사내
는 알지 못했다 길을 벗어나자 그는 축축해지고 금
세 짓물러졌다 모든 단단한 것들은 길 위에 있다 나
무들은 썩은 뿌리를 드러내고 겨우 서 있었다 사내
는 흐물흐물해진 손으로 겨우 나뭇가지 하나를 붙
잡았다 무거운 공중을 흘러 다니던 개구리밥이 사
내의 아직 겨우 형체를 유지하고 있는 몸에 달라붙
었다 몸에 온통 푸른 비늘이 돋아난 것 같았다 사내
는 제가 푸른 도마뱀이 될 거라고 생각했다 혀를 날
름거려도 보았는데 으허허허 웃음소리만 몸 안쪽에
서부터 울려 나오는 것이었다 내장이 웃다니 사내는
배를 움켜잡았다 멈추지 않는 웃음소리는 그러나 사
내의 입 밖으로 흘러나오지는 않은 채 사내의 몸 곳
곳으로 퍼져 나갔다 웃음소리 때문이었는지 사내의
몸이 길고 가늘어졌다 사내는 덩굴이 되었다 푸른
비늘 같은 이파리들이 사내의 몸을 덮었다 사내는

겨우 가는 가지 하나를 뻗어 길을 더듬었다 사내가
길 위로 다시 돌아왔는지는 알 수 없다 다만 이따금
밤이면 으허허허 막다른 길 담장을 덮은 덩굴의 이
파리들에서 웃음소리가 흔들리며 흔들리며 들리고
들리고 할 뿐이다

지워지는

자꾸 지워지는 사내가 있으니 지워져 희미해진 사
내 위에

항시 햇빛은 사내를 다시 쓰고 사내는 해서 하 많
은 사내다

다시 씌어진 사내는 지워진 사내를 기억하는 법
없으나

지워진 사내는 다시 씌어진 사내를 범해 지우고
지우니

사내는 겹겹의 사내들 위에 새로 씌어지는 사내
사내다

계집이어도 좋았으련만 잇속 붉은 처녀애였어도
한 번쯤은

과거도 미래도 없이 소년도 노인도 아들도 아비도
없이

사내 위에는 늘상 사내 그 위에 또 사내 사내만인
사내

지우개 밥 같은 기억이 덜 지워진 자리 다시 씌어
진 사내도 있어

햇빛이 베껴 쓴 진부한 자신을 의심에 의심을 하
곤 했는데

새로이 씌어진단들 사내 이전의 사내와 다를 바
없긴 해도

혹 위작이 있을까 제 몸을 샅샅이 훑어 골몰하곤
하였으나

골몰이 골몰을 다 마치기 전에 범해져 사라지기
일쑤인지라

도리 없이 사내는 지워져 모르기만 한 온통 사내
일 뿐이더라

햇빛 가득한 날 비틀거리며 걷는 사내에게서 질질
흘러나온

쓰고 지우고 다시 쓴, 또 지우고 그 위에 새로 쓸
이야기, 들

젖은 팔

느닷없이 젖은 팔 하나가 내 발목을 붙잡는다 소매는 척척하게 젖어서 맑은 날인데 하늘하늘 바람 부는데 이 거리 바람 속을 제 그림자 흔들며 사람들은 가고 가는데 길바닥에 척 달라붙어 젖은 팔에는 그림자가 없다 그림자도 없이 젖은 팔이 나를 놓아주지 않는다

—나는 그림자가 없다네 나는 젖었고 자네는 팔 없는 그림자를 달고 어디로 가려는가 불구인 채로 시월이 와서 손목에 채워진 시계를 맞출 수도 없다네 아무리 손가락을 꼼지락거리고 비틀어봐도 그건 중이 제 머리 깎는 일보다 더 불가능한 일이지 오래전 아이들이 돌아간 저녁의 옆구리 무렵이었나 비가 왔고 내 주인은 젖은 채로 널브러진 어둠의 관절 하나를 주웠다네 친구여 어둠에도 관절이 있다네 자주 염증 나고 또 자주 붓는 밤이 많아도 그 무거운 관절 탓인가 나는 그만 어깨뼈의 관절에서 분리되고 말았다네 몹시도 비가 왔고 척척하게 젖어서 나는

45

이 길바닥에 떨어졌지 젖은 머리통이라면 몰라도 젖은 팔 하나가 사람들의 발에 이리 채이고 저리 채이는 일은 영 어색한 일 아닌가 게다가 팔이 말을 하다니 이거야말로 어색하기 짝이 없는 일 아닌가 어색하게도 나는 이 맑은 날의 거리까지 굴러왔다네 그리고 자넬 봤지 친구여 자네의 그림자에 팔이 없는 걸 보니 자네가 나의 주인 아닌가 아니 아니어도 그게 무슨 상관인가 나를 주워 얼른 자네 어깨뼈에 끼우게 그 비틀거리는 걸음에 내가 균형을 잡아주겠네 휘적휘적 나를 휘저으며 주의 깊게 두리번거리며 나를 비 오는 거리로 데려가주게 거기 내 그림자가 있을지 모르니 아직 고통스럽게 퍼덕거리며 물보라를 튀기고 있을지 모르니 그도 아니면 내 그림자를 야금야금 주워 먹고 살이 오른 어둠의 관절 하나가 호시탐탐 어색하게 비틀거리는 행인을 노리고 있을지 모르니, 흐흐, 제발,

지금은 말할 수 없는 입술의 거스러미 무렵 시월

이 와서 메마른 숨으로 가득한 공기 속 나는 팔 그
림자를 잃었다 거리는 온통 흔들리는 그림자로 가득
한데 모르는 젖은 팔 하나가 그림자도 없이 음흉하
게 꼼지락거리며 질질질 끌리는 것도 아랑곳없이 내
발목을 붙잡고 좀처럼 놓아주지를 않는다

택시

　—형씨, 이곳에서 제발 날 꺼내가 주시오.

　—당신은 얼굴을 바꿔 다는군요.

　—내가 택시 기사를 버렸듯이 당신도 승객의 얼굴을 버리쇼.

　—누구나 여분의 얼굴을 준비해 택시를 타는 건 아니잖아요.

　—없는 승객이군요.

　—승객은 아니지만?

　—차창으로 밀려들어 오는 낯선 바람.

　—이상하게도 이젠 더 이상 풍경이 내게 말을 걸지 않는군요.

　—택시 안의 공기와 택시 바깥의 공기에 대해 궁금해하는 건 부질없어요.

　—우리는 어디에 도착하게 되나요?

　—어디든.

　—그건 당신이 할 말은 아닌데요.

　—혹은 아무 데도. 그러니 형씨, 이제 그만 날 여기서 꺼내가 주시오.

—내가 볼 수 있는 건 룸미러를 통해 비치는 당신
의 날카로운 눈뿐이에요.

　　—택시 기사는 뒤를 돌아보지 않죠.

　　—내가 어떻게 확신하죠? 이따금 덜렁거리는 끄
덕거리는 당신의 뒤통수 앞쪽에 코와 입을 달고 있
는지.

　　—뒤쪽과 앞쪽에 대해, 바꿔 달기 전의 내 얼굴과
바꿔 단 후의 내 얼굴에 대해 당신이 안들?

　　—당신은 내가 버린 얼굴에 대해 기억하고 있잖아
요?

　　—그 화끈거리던 승객의 얼굴에 대해선 낱낱이.

　　—이곳을 가득 채운 이 어두운 감각들에 대해선
한마디도 하지 않는군요.

　　—나는 이 비좁고 냄새나는 사랑의 세계에 대해
서만 생각하죠.

　　—어두운 감각들은 스멀스멀 기어 다니며 내 몸
을 긴장시키고.

　　—사랑에 대해서라면, 이곳에서 발급받은 등록증

은 이제 만료되었다오.

　─여기가 어디냐구요.

　─어디든, 당신은 영원히 도착하지 못할 거요.

　─이놈의 차창이 내 머리를 통째로 먹어버릴 것 같다고요.

　─모르는 길과 몸을 섞는 건 참으로 쉽다오.

　─여긴 너무 캄캄해요.

　─다 헐은 골목 하나가 당신의 몸속에 벚꽃 한 무더기 피워낼 수도 있지.

　─끝이 뻔해요.

　─다시 환해질 수도 있소.

　─미터기는 왜 꺼둔 거죠?

　─아무데도, 이 길처럼 당신은 영원히 기록되지 않을 거요.

　─나는 조금씩 굳어가요.

　─형씨, 이곳에서 제발 날 꺼내가 주시오.

　─이 마비의 감각으로?

　─이곳에서 제발 날.

―겨우 나는 뒷좌석 시트에 남겨진 몸짓에 불과해요.

　　―꺼내가 주시오.

　　―얼굴도 없는데?

　　―차가운 차창의 표면에 기댈 뺨도 당신에게 없는 것만으로.

　　―나는 결국 당신의 질주에 묶이고 만 건가요?

　　―당신이 타기 오래전 택시는 멈췄소. 택시는 그러므로 여기 없고.

　　―대체 나는 어디서 온 거죠?

　　―버려졌고.

　　―제길, 차 문의 손잡이는 모두 어디에 치워버린 거죠?

　　―나는 이제 뒤를 돌아볼 거요.

너의 멸종

너는 멸종했다 너라는 껍질을 뒤집어쓰고
너 아닌 것들이 거리를 활보한다 나는
실패했다 우리는 더 이상 우리가 아니고
어리석은 별들이 순식간에 졌다 우리의
어제는 우리와 함께 사라졌다 내일은
도착할 기약이 없고 오늘만 영원하다 땡볕
속에 응애응애 어느 병원에선가 또다시
너라는 병원체를 보유한 너의 새끼들이
태어난다 새끼들은 점점 너로 자라나
너의 흉내를 내며 너의 얼굴을 달고
지겹도록 살고 살아가고 그들의 입에서
흘려보낸 너의 메아리들이 도시 곳곳에서
불어 다닌다 수많은 벽들에 부딪쳐
본래 목소리조차 알 수 없게 된 메아리들로
거리는 온통 웅웅거리고 그렇게 혼곤하게 거리는
거리가 아닌 채로 있다 있기만 한다 나는
내가 아닌 채로 이제 그만 내 껍질을 찢어
버린다 한때 나였던 껍질이 내 문 앞에 쌓여

간다 껍질과 함께 흘러내리는 울음들은 시나
브로 화석으로 굳어가고 우리의 시간은 발굴
되지 않을 것이다 그 어느 때고, 끝없이 나는
실패하고, 사라지지는 결코 않는 오늘,
너라는 것들의 멸종은 멈출 줄을 모른다, 끝도 없이,

놀이터

시소나 미끄럼틀 정글짐 여기저기 아이들이 널려 있다 나는 간신히 어스름을 붙들고 있다 놀이터 안쪽으로만 향해 있던 음산한 눈들을 플라타너스는 넓은 잎으로 재빨리 감춘다 아이들은 아이들을 벗어놓고 돌아들 갔다 아무것도 보지 못한 듯 플라타너스들은 내일 또 무성하게 푸를 것이다 돌아간 아이들이 버려진 아이들의 이후라고 나는 확신할 수 없다 몇몇 아이들에겐 아직 한낮의 왁자지껄한 열기가 묻어 있다 그것들은 이따금 불룩거린다 물풍선처럼 그것들도 터져버릴 것이다 이곳을 가득 채우던 새 새끼처럼 재잘거리던 그 따끔거리던 웃음소리들도 금세 사라졌다 나를 저 껍질만 남은 아이들의 그림자라고 확신할 수 없다 어둠을 타고 어슬렁어슬렁 걸어와 이제 곧 거대한 망태 할아범이 아이들을 죄다 주워 갈 것이다 결국 어스름은 내 손에서 놓여날 것이다 온종일 어떤 저항도 나는 하지 못했다 이제라도 나는 저 아이들 중 하나로 갈아입어야 한다 아무도 지금은 내 이름을 부르지 않는다

그림자

미안하지만 그림자가 매일 너를 낳는다 성기를 두 개나 달고 덜렁거리는 젖꼭지를 여섯 개나 지닌 그림자의 젖을 너는 차례로 빨아 먹는다 검은 젖이 네 몸속으로 흘러들어 갈수록 너는 검게 자란다 검게 자라 검은 하루를 산다 네가 살갗에 검은 장미를 피운들 그건 이상할 일도 아니다 부피를 갖지 못한 장미들 하루 종일 만발하고 수없이 부피를 갖지 못한 가시들이 거스러미처럼 돋아난다 부피를 갖지 못했으니 너는 자주 짓밟힌다 해거름 버스 정류장에서 너는 자주 길어지는데 늘어난 네 몸에 스키드마크를 찍으며 사람들이 지나간다 그것이 네 몸에 난 유일한 흔적들이다 흔적들로 너는 비로소 존재한다,고 생각하는 순간 너는 그만 어둠에 먹히기 시작한다 내일 또 낳아질 것이지만, 너는 내내 없고, 미안하지만 너는 매일 두 개의 검은 성기를 상상한다 여섯 개의 젖꼭지를 물고 빨다 검게 살고 검게 죽는 어떤 육체에 대해서

여름의 전설

대낮에서 그늘로 느리게
첨탑의 시곗바늘이 움직인다

엄마들의 팔이 벤치 아래로
늘어뜨려진다 차례로 고개 떨궈진다

광장 한복판 분수대에선 눈부시게
흠씬 아이들의 웃음이 두들겨 맞는다

이도 없이 잇몸으로만 자지러지던
아이들이 제 웃는 그림자를 늘인다 끝없이

그림자들 광장에 범람한다 촘촘한
그림자들에 새들은 꺄르르 쉽게 포획당하고

매미 소리 순식간에 증발한다
첨탑은 무너진다 광장은 곧 폐쇄된다

살을 다 뜯어 먹힌 바람 한 줄기
가까스로 불어 간다 대낮에서 그늘로

물고기를 사러 다녀요

나는 물고기를 사러 다녀요
나무들의 시시덕거리는 소리가 들려요
어항 속에 있던 나무들일까요
너무 사소해서 어항은 버렸어요
사람들은 눈꺼풀이 없어요
입만 뻐끔거려요 아가미를
갖고 싶은 것인지도 모르죠

나는 물고기를 사러 다녀요
내 머릿속엔 물고기의 어떤 그림도 없지요
비늘은 어떤 색깔로 빛나는지
지느러미가 몇 개인지
몸통은 둥근지 네모난지
그런데도 물고기는 유유히 헤엄쳐요
파닥거리고 튀어 올라요 그렇다고
내 몸속에 어항이 있는 건 아니에요
내 몸도 사소하긴 해요 아직
버리지는 못하고 있어요

나는 물고기를 사러 다닌다니까요
설마 훔치려는 건 아닌지 의심하는 건 아니죠
몸속의 것도 훔친 건 아니에요
산 것도 아니지만요 그렇다고
먹은 건 더더욱 아니죠 먹지 않았으니
소화가 안 되는 건 당연하지요
그냥 저절로 헤엄만 쳐요 생겨난 것도
저절로인지는 몰라요 이따금
그놈의 지느러미에 내 심장이 찔려요
그 녀석에게 친구를 만들어주려는 건
결코 아니에요 내 심장이 두 배로 아플 거예요

거리들은 출렁거리고 밤들은
모래알처럼 흩어져 가라앉았어요
상점들은 숨바꼭질이라도 하려나 봐요
못 찾겠다 꾀꼬리 젠장
꾀꼬리를 어디서 찾는단 말이에요

차라리 고양이를 찾는 게 더 빠르겠어요
고양이는 피해 다녀야 해요
그놈들은 귀를 쫑긋 세우고
의미심장하게 내 몸속을 주시하거든요

나는 물고기를 사러 다녀요
내 몸집보다 큰 물고기 어디 없을까요
나와 사람들과 거리와 숨은 상점들
고양이들과 꾀꼬리 흩어진 밤들과
시시덕거리는 나무들과 함께
물고기 속으로 들어가면 어때요
물고기 배 속은 적어도
사소한 어항은 아니겠군요 거긴
물고기 모양의 튼튼한 뼈를 갖춘
커다란 어항일까요 그래도
그건 물고기여야 해요
거대한 지진처럼 파다닥 물고기가
한 번 몸을 흔들면 소화 끝 으흐흐

그런데 어쩌죠 영영 소화가 안 되면

나는 물고기를 사러 다녀요
사람들은 우는 법도 잊어버렸나 봐요
바람도 없는데 나무들은
자꾸 시시덕거려요 사소하게 사소하게

떠도는 사원

오래전 사람들의 귀가 모두 떨어져버린 날이 있었지 사원들이 자라나기 시작했던 거야 사제들은 먼지 뭉치처럼 흩어졌고 마른 울음으로 엎드린 강물 물고기들의 울음도 말라 한때 지혜로웠던 경전의 낱장들 사하촌 무너진 담벼락에 걸려 위태롭게 나부꼈어 사원을 감싸고 있던 늙고 굵은 덩굴에서 새빨간 혓바닥들이 돋아나면서부터였대 늙고 굵은 덩굴들은 수관을 닫고 이미 오래전 꿈틀거림을 멈췄지만 돋아난 혓바닥들에선 끊임없이 피가 솟았다지 피 반죽을 뒤집어쓰고 귀도 없이 사람들은 사원에 갇혔어 사람들의 살과 뼈를 취해 사원은 제 새로운 벽돌을 만들어 쌓았다는군 사람들에게 남은 것은 아아아아아아악 비명들뿐이었대 비명들이 사원을 하늘로 하늘로 밀어 올렸던 거야 귀들만 팔락팔락 지상에 남아 날아다녔어 너무 높이 자란 사원은 너무 높아서 보이지 않게 되었대 그 뒤로 사원들은 여기저기서 목격되기만 할 뿐 아무도 그 정확한 위치를 알 수 없다는데 얘기 들었니 이 도시에 알 수 없는 사원들이 떠돌아

다닌대 이따금 도시의 끝 간 데까지 가버린 자들은
사원과 만난다는군 핏빛 선연한 비명의 화석들이 그
들을 좀체 놓아주지 않는다나 봐 사원에서 놓여난
자들은 쉼 없이 자라기만 한대 몸속에 가득 비명을
채운 채 그런데 넌 언제부터 자라기를 멈추지 못하
는 거니 귀를 어디에 떨어뜨렸는지 전혀 기억나지 않
니 자꾸만 팔락팔락 소리가 들려 네 몸에서 내게로
건너오는 늙고 굵은 덩굴들 무성하게 돋아나는 새빨
간 혓바닥들 여기가 정말 이 도시의 끄으으으으으
으읕 간 데인 거니 점점점점점 끈적끈적 내 몸을 옥
죄는 이 피, 아아아아아아악

병 속에 담긴 편지

밤이 없는 날이 계속되고 있습니다 세상의 길들은
모두 샅샅이 드러나고 세상의 말들은 모두 자명해졌
습니다 자명해졌으나 점점 빛이 바래가고 그늘이란
그늘은 모두 조금씩 제 꼬리를 감추었습니다 우리의
음지식물들도 모두 자취를 감추었습니다 사람들은
좋아했지요 처음엔 드디어 꿈꾸던 세상이 왔다고 만
세를 부르는 사람도 있었을 정도니까요 그러나 곧 사
람들은 당국을 지지한 것을 후회했습니다 사람들은
어둠을 잃었어요 어떤 어둠도 거느리지 않은 사람들
은 점점 밝아졌지요 밝아지다 희미해졌어요 대지도
나라도 희미해졌지요 계속되는 대낮이 고통일 줄은
그때는 몰랐던 겁니다 얼마 지나지 않아 고통을 느
끼는 일도 슬피 우는 일마저도 곧 검열의 대상이 되
었답니다

그곳의 괴물들은 무사한지요 밤의 골목들을 어슬
렁거리던 괴물들은 이제 이곳에선 모두 사라졌습니
다 이따금 숨어들 곳을 찾지 못하고 거리에 쓰러져
가까스로 숨을 몰아쉬는 괴물들이 한두 마리 발견

되곤 했지만 벌써 그것도 옛날이야기지요 그들은 모두 어디론가 끌려가 다시는 돌아오지 않았어요 그날로 처형되었다는 소문만 떠돌다 금세 흩어질 뿐이었습니다 거리는 다시 깨끗해지고 형체가 불분명한 것들이 모두 치워졌지만 거리를 이루던 모서리들은 햇빛 속에서 밝아지고 희미해지고 제 날카로운 경계를 아주 버려버리더군요 사람들도 사물들도 병약하거나 죽는 일이 금지되었습니다 병도 죽음도 괴물들 탓이었다고 당국은 믿고 있습니다

우리는 미약하나마 밤을 준비하고 있답니다 우선 조금씩 모호해지려고 노력하고 있습니다 당국의 눈을 피해 우리는 서로 알아들을 수 없는 대화를 주고받고는 황급히 세상의 밝음 속으로 숨어들곤 하지요 그럴 때마다 각자의 몸에 조금씩 명암이 생겨나는 걸 목격했어요 명암을 낯설어하던 우리들은 어느새 더 자주 알 수 없는 이야기를 나누게 되었습니다 희미한 사람들이 희미하게나마 윤곽을 찾아가고 있어요 얼굴에 그늘이 드리우고 헤아릴 수 없는 표정

을 짓는 사람들은 효과가 빠른 편에 속하지요 더디고 더디지만 우리를 품어줄 어둠이 나라 곳곳에 한 뼘씩이라도 생겨나고 있다는 이야기가 바람을 타고 들려오는 것에 우리는 무척 고무되고 있습니다

당신의 괴물들을 좀 보내주십시오 흐물거리는 놈으로 한 서너 마리쯤이라면 밝음을 틈타 국경의 검문은 통과할 수 있을 겁니다 칙칙한 담벼락도 몇 장 있으면 좋겠지만 그건 너무 무리한 부탁이네요 부디 밤하늘의 별들이 다시 이곳으로 찾아오기를 간절히 바랄 뿐이지만 아직은 요원한 일이기만 합니다 희미한 나라의 희미한 주민들은 희미하게 점점 더 희미한 아기를 낳고 통증도 없이 오늘도 희미한 웃음을 그것이 웃음인 줄도 모르고 웃고만 있습니다 당신의 괴물이 하루라도 빨리 도착한다면 희미해지다 못해 아주 사라져가는 사람들의 속도를 조금이라도 늦출 수 있으리라 생각됩니다 그곳의 싱싱한 밤이 부러울 따름입니다 괴물을, 괴물을, 기다리고 기다리겠습니다

웃는 남자*

웃음을 **빼앗**기고 사람들이 하나둘 사라진 뒤
남자는 제 웃음을 짜내어 거푸집을 만들고
밤마다 웃음을 찍어냈다네
이따금 성형이 잘못되었거나 금이 가거나
빛깔이 좋지 않은 웃음들은
사정없이 깨뜨려버리기도 했는데
그의 집 앞에는 웃음의 조각들이 내는
날카로운 소리로 밤새 시끄러웠다네
똑같은 웃음은 겹겹이 쌓여만 가고
어느 웃음이 진본인지도 까마득히
잊어버렸는데 방 안이 온통 웃음으로 가득해도
웃음의 쓸모에 대해선 정작 오리무중이어서
한동안 그는 웃음을 색칠하는 일에 골몰했던 것
인데

어두운 광장에선 자꾸만
웃음을 **빼앗**긴 채 사람들이
어디론가 끌려가고

끌려가서 좀처럼 돌아오지 않고

결국 그는 웃음의 밀매업자가 되었다네
색칠한 웃음을 보따리에 싸 짊어지고
접선하듯 어둠 속에서
사람들에게 웃음을 팔았다네
색색의 웃음을 쥔 사람들이 어둠 속으로 흐흐흐
몸을 감추면 또 다른 사람들의 흐흐흐
소리가 흔들리며 흔들리며 그에게로 왔다네
처음 웃었던 그의 웃음은
누구에게 갔을까
끌려갔다가 간신히 돌아온 사람들은
간지럼을 태워도 웃을 줄 모르고
웃음 사려 웃음 사려
간지럼을 타듯 그가 지나간
골목의 낡은 벽돌들 틈에서 은밀히
그의 목소리가 흘러나오기도 했는데

입꼬리가 귀까지 찢어져
한 번도 울음의 입모양을 만들어본 적 없이
그저 웃는 채로만
그는 밤마다 도시의 골목들을 떠돌았다네

* 빅토르 위고의 소설 제목에서 따옴.

화부(火夫)

　내 아궁이가 되어주겠나 다시 한 번 불을 지피고
싶다네 그는 내게 술잔을 부딪쳤다 술집 창밖으로
안개가 완강하게 이 도시의 빌딩들을 붕대처럼 휘어
감고 있었다 어둠이 찾아왔으나 도시가 뿜어내는 불
빛들로 안개는 허옇게 번들거렸다 이 도시의 엔진들
은 무사한가 그는 중얼거렸다

　한때 도시는 커다란 배처럼 둥실 떠올라 어두운
시간을 여행했다네 시간의 파도가 이 도시의 난간에
아슬아슬하게 아름다운 물보라를 일으켰지 그때 도
시의 밑바닥에서 수많은 실린더들은 힘찬 피스톤 운
동을 멈추지 않았다네 도시의 거대한 보일러 아궁이
에 쉼 없이 석탄을 던져 넣을 때 내 구릿빛 근육도
터질 것처럼 뜨겁게 팽창했는데 그때 어둠은 신비로
움과 같은 말이었지 싱싱한 어둠을 위해 나는 불을
아끼지 않았어 도시도 나도 젊었을 때야

　탁하고 거대한 안개에 발목이 묶여 도시는 더 이
상 둥실 떠오르지 않는다 온전히 어둡지도 밝지도
않은 시간이 도시를 배회하고 있다 무슨 일이 일어

난 건가 그는 기억나지 않는다는 듯 미간에 주름을
모았다 난 이제 그 거대한 보일러의 아궁이가 이 도
시의 입이었는지 똥구멍이었는지 기억도 나지 않아
그는 중얼거렸다

　그날 나는 크고 부리부리한 그의 눈 속으로 순식
간에 빨려들어갈 뻔했다 아직 그의 눈에 불의 기억
이 남아 있는지 몸이 조금 뜨겁기도 했는데 내 몸은
결국 안개 쪽인가 의심하면서도 나는 세차게 고개를
흔들었다 실망한 듯 그는 술집을 나갔다 제 몸에 끈
질기게 달라붙는 안개를 뿌리치며 육중한 발걸음을
옮겼다 그가 사라진 뒤 늙은 도시가 잠시 아주 조금
엉덩이를 들었다 놓은 것도 같고

이름을 먹는 여자

　오랫동안 여자가 이름을 먹어치웠다 허겁지겁 뜯어 먹은 이름들로 여자는 배가 불렀다 여자는 내 이름도 훔쳐 잘근잘근 씹어 먹어버렸는데 여자에게 물어도 여자는 곧 굴러떨어질 것만 같은 고개를 가로저을 뿐 이미 내 이름은 여자의 배 속의 일 채 소화되지 않은 이름의 감각이 그 여자의 똥구멍으로 비어져 나오길 기다려야 하는 일만이 내가 할 수 있는 최선으로만 나는 알았으나 더 이상 참지 못한 이름을 잃어버린 사람들은 어깨를 걸고 여자에게 아귀처럼 몰려들었다 여자의 입을 찢고 자신들의 이름을 꺼내려 했지만서도 온전히 남아 있는 이름을 찾는 일이란 애초에 불가능했다는 걸 그들도 진즉에 알고 있었다 하는 수 없이 그들은 이름으로 살찐 여자의 몸을 찢어 그 흔한 아귀다툼 한 번 하지 않고 사이도 좋게 나눠 먹었다 나도 그 살점 하나를 생피와 함께 삼켰더랬는데 이제 이름은 영원히 우리들 배 속에서 소화되고 있는 여자의 살과 피의 일 살과 피는 또 살과 피로 스며 이제 이름은 영영 기억되지 못

하고 마냥 잊혀가는 가버리기만 하는 일 가서는 안
돌아오는 일 안 태어나는 일 여자가 무엇이었는지도
알 도리 없이 여자는 사라졌다 여자가 사라지고 결
국 나는 이름을 잃어버린 사람들이 세운 이름을 잃
어버린 나라의 시민이 되었다 다시는 아무도 이름을
출산하지 못했다

뼈만 남은

1

　모르는 손은 먼저 내장을 끄집어냈다 간과 쓸개 십이지장 맹장 위장 비장 소장 대장 마지막까지 몸 부림치던 심장도 눈알이 아직 남아 나는 내 뱃거죽 을 들어 올리고 안쪽을 봤다 아직 할 일이 있다는 듯 텅 빈 거기가 아직 뜨겁다 하나 곧 모르는 손은 곧 내 눈알을 빼고 풍성한 머리칼로 덮인 머릿가죽 을 벗겨내고 두개골을 가르고 뇌도 꺼냈다 이윽고 눈알도 우악스럽게 뽑아냈다 팔딱거리다 축 늘어진 혀도 잘라냈다 모르는 손은 내 온몸의 살가죽을 벗 겨냈다 이제 내겐 안쪽이라 할 만한 것이 없다 바깥 이 순식간에 그 자리를 차지해버렸다 모르는 손은 내 뼈에 붙은 살점마저 깨끗이 긁어냈다 모르는 손 이 모르는 제 손을 닦아냈다 나는 뼈만 남았다

2

걷는 동안 그의 뼈들은 자꾸 절그럭거렸다 지독
한 관절염을 앓는 부위도 있었지만 염증은 잘 보이
지 않았다 구멍 숭숭 뚫린 골다공증의 뼛속으론 예
측할 수 없는 한기가 자주 드나들었다 뼈만 남은 줄
도 모르고 사람들은 그의 몸에 자꾸 부딪쳤다 심하
게 골절되는 때도 있었지만 거리에서 그건 대수롭지
않은 일이었다 그 해골을 가지고 여기서 썩 꺼져, 운
전자들은 이따금 폭언을 퍼붓기도 했다 성대가 없으
니 대꾸도 할 수 없어 그는 그때마다 황급히 자리를
피했다 자동차에 치이지 않은 것만으로도 다행스러
웠다 뼈들이 순식간에 흩어져버릴지도 모른다는 강
박증이 그의 뼈를 가까스로 지탱하고 있었다 사막은
아니었지만 도시의 어딘가로부터 모래바람이 불어왔
다 뼈는 조금씩 마모되어갔다 이 도시에서 오래 버
티지 못할 것이란 사실을 그는 알고 있었다 겨우 형
체를 유지하고 있는 뼈들의 의지가 갈수록 느슨해져

만 가고, 이제 그만, 어느 시간에서건, 그는 발굴되
고 싶었다

3

어떠한 죽음도 새로 이어 맞추지 못했다
밤의 모든 창문이 눈을 감는다
어떠한 감정도 발명하지 못했다

뼈만 남았다

멈춘 사람 1

우두커니 씨를 발견한 건 주말의 거리에서였다
색색의 옷을 입고 사람들은 서로 색을 섞으며
거리의 상점 사이를 분주히 오갔다 이따금 그들이
멈춰설 때가 있었지만 그건 어디까지나 상점의
진열된 물건 때문이었다 키스를 하기 위해 멈춘
연인들조차도 조금씩 그들의 네 발을 움직였다
처음엔 동상 퍼포먼스인 줄 알았다 우두커니
그는 웃는 모양으로 한 발을 앞으로 뻗은 채
멈춰 있었다 그렇다고 딱딱해진 건 아니었다
우두커니 씨가 언제부터 멈춰 있었는지에 대해
궁금해하는 사람은 그 거리엔 아무도 없었다
해가 지고 바람이 불고 다시 해가 떠도 여전히
그는 그 거리의 한구석에 멈춰 있었다 우두커니
우두커니 씨가 멈춰 있는 동안에도 시간은 흐르고
그 거리의 사람들은 늙어가고 늙은 사람들은
곧 젊은 사람들로 대체되었다 새로운 연인들은
날마다 추가되었다 상점들은 끊임없이 업종을
변경했고 거리는 늘 새로운 상품들로 넘쳐났다

오직 그의 시간만이 머물러 있었다 우두커니
그의 눈이 향한 곳은 거리의 소실점이었는데
그 소실점 안으로 사람들도 상점들도 흐느적
흐느적 긴 색띠를 그리며 흘러들어가고 아주
사라지곤 했다 했어도 결코 멈추는 법은 없었다
오로지 우두커니 씨만 소실점으로부터 자유로웠다
동상 퍼포머에게 그렇듯 우두커니 씨에게 말을
거는 것은 금기시되었다 가끔 아이들이 맴을 돌며
그를 만지기도 했지만 이내 시들해졌다 우두커니
그는 점점 배경이 되어갔다 있지만 없는 것처럼
몇 해가 흘렀는지 알 수 없는 어느 날이었다
젊은 날 그를 발견하고 환호하며 그를 관찰하느라
시간을 다 보내고 나도 그만 늙어버린 어느 날
허공에 멈춰 있던 그의 한쪽 발이 지상에 닿았다
드디어
남은 한 발이 보도 위에 내디뎌졌다 사람들은 여
전히 흘러
가고 놀란 눈을 하고 나는 그의 발을 지켜보았다

저벅

　저벅 그는 천천히 상점들 사이를 오가는 색색의 사람들에 섞여

　거리 저편으로 걸어가기 시작했다 비로소 그의 시간이 천천히

　흐르기 시작했는데 그때였다 내가 갑자기 그 자리에 멈춰 선 것은

　그는 멈춘 나를 한 번 돌아보지도 않은 채 사람들과 함께

　소실점을 향해 사라져가고 있었다 당황할 틈도 없이 점점

　점점 그는 이제 더 이상 우두커니 씨가 아니게 되었다

　나를 둘러싼 사람들과 풍경들 섞이며 뭉개지며 흘러만 가고

　나는 멈춰만 선 채로 전에 우두커니 씨였던 그를 우두커니

　새로운 우두커니 씨가 되어 바라보고만 보고만 있었다는데

멈춘 사람 2

내가 언제부터 멈춰 서 있었는지는 잊었네 어쩌면
방금이었을지도 모르지 자네의 시간 안에서 그 방
금은 또 어쩌면 한평생이었을지도 왜 내가 멈춰 서
게 되었는지 그건 나도 알 수 없다네 아마도 그렇게
된 것은 그렇게 될 수밖에 없어서였을 게야 난 사라
지고 싶었다네 멈춰 선 내 속도에 비하면 빛과 같은
속도로 나를 스쳐가는 사람들처럼 실은 나도 내 눈
이 우연히 향하게 된 소실점 그 너머로 혹은 그 안
쪽으로 말이지 그 생각이 나를 멈춰 서게 했나 그
것 역시도 모를 일이지 사람들은 내가 무슨 생불(生
佛)이라도 되는 양 처음에는 의아해하기도 신기해하
기도 했지 해도 생불의 안쪽을 누가 알겠는가 생불
은 차마 아니어도 도드라져 내가 이 거리에서 하나
의 우두커니 씨가 되어버릴 줄은 나라고 상상이라도
했겠나 우두커니 씨 따윈 되고 싶지 않았네 생겼다
가 죽어졌다가 제가 죽은 줄도 모르고 다시 살아나
는 저 수많은 아무 씨들과 함께 살고 싶었다네 죽고
싶었다네 이 아무 씨들의 세상에서 시나브로 결국은

배경이 되고 말고 마는 우두커니 씨 노릇 따위는 정말이지 끔찍하게도 하고 싶지는 않았는데 말이야 멈춰 서 있었으므로 이거 영 난감한 꼴이 되었지 뭔가 그래도 자네가 붙여준 우두커니 씨란 이름 하난 맘에 들더군 우두커니 우두커니 되뇌며 우두커니 그 이름 맘에 들어 한 줄 자네가 알 턱은 없지만 웃는 표정으로 멈춘 내 얼굴 앞에서 자네가 함께 웃어줄 땐 나도 웃고 싶었다네 껄껄껄 소리를 내면서 내 앞에서 시선을 떼지 못하는 그 호기심 많은 청년이 이제는 나보다 더 늙어가고 있는 모습을 지켜보면서 껄껄껄 말이지 비록 오래전부터 지금일 뿐이나 이 지금 비록 우두커니 씨일망정 지금에서 기어이 놓여나게 될 언젠가 허공에 들린 내 한쪽 발이 길바닥에 닿을 날이 오리란 기대는 여직 버리지 않고 있다네 이 답답한 우두커니 씨의 세계를 벗어나 다시 아무 씨들의 세계에 몸을 섞을 그날이 오기를 꼽을 손도 멈춰버리긴 했어도 손꼽아 나는 기다리고 기다린다네 그때가 언제일지 아직은 도무지 가늠할 수 없

네만 자네의 한평생 같은 금방일지도 모르긴 모르
네만 아마도 그렇게 될 것은 또 그렇게 될 수밖에 없
을 테지 그때 소실점을 향해 멈춰 설 자네의 자세와
표정을 생각하는 것뿐이라네 우두커니 멈춘 사람의
우두커니한 의미 따위 그건 뭐 자네 몫으로 한 짐쯤
남겨나 둠세 클클클,

멈춘 사람 3

너무 대낮인 거리 두 늙은이가 앞서거니 뒤서거니
걷고 있었다

힘겹게 발을 뗄 때마다 이따금 웃었고 이따금 놀
란 표정을 지었다

너무 대낮이어서 자꾸 끊겼다 그들의 걸음 연속
사진처럼 자꾸 멈췄다

앞서거니 뒤서거니 그들의 한쪽 발이 번갈아 허공
에 걸쳐질 때마다

그들의 탁한 눈동자 휘까닥 뒤집혀 여기 말고 어
딘가로 자꾸 가는데

너무 대낮이어서 아예는 영원히 멈춘 대낮 같은
거리 이편과 저편 사이

저 늙은이들의 걸음 걸음에는 도대체 몇 장의 순
간이 필요한 걸까

카메라 렌즈처럼 눈꺼풀을 수없이 나는 열었다 닫
았다 열었다만 하고

내 마음 깜깜해지고 깜깜해져도 늙은이들의 멈춘
순간은 현상되지 않고

너무 대낮인 거리 나는 멈췄고 그들은 그러나 멈
춘 적이 결코 없다고

늙은이들의 멈춘 시간이야 내 눈꺼풀이 만든 착시
였다고, 하고 마는데

어라, 늙은 나비 두 마리 공중을 날았다 공중에서
순간 멈췄다 멈췄다가

날았다 다시 멈췄다가 팔랑팔랑 저편 어딘가로 날
아 날아 가고 있었다

죽은, 시인

오기만, 밤으로, 주렁주렁, 죽을 수밖에 없었던 수많은 생시를 매달고, 몸 깊숙한 데로 시인이, **ㅎㅎㅎㅎ**, 텅 빈 내장 안쪽에서부터 아프지는 않게, 해도 긁지는 전혀 못하는 가려움증처럼 스멀스멀, **온몸의 터럭들을 다 세어보았으면, 당신 그저 시퍼런 몸뚱이였으면, 휘까닥 눈 뒤집혀 내가 매달리던 안달하던, 우울증을 앓던 당신의 젖꼭지, 들 우둘투둘한 그것들은 몇 개였는지,** 알 수도 없게, 죽어 시인인지 시인이라 죽었는지, 도통, 밤은, **ㅎㅎㅎㅎ**, 환하고 바싹 마르고 부서지고, 발가벗겨져 나는, 살았는지 죽었는지 시인인지 버려진지, **당신, 온몸에 젖꼭지를 매달고 있었던가, 혹 없었던가 수많은 발을 달고 당신의 시퍼런 몸뚱이를 기어 다녔으면, 샅샅이 젖꼭지와 터럭 들 사이사이, 조그만조그만해져서 베일 만큼이나 가늘어져서는 긴 더듬이만으로 나는 아주,** 주렁주렁, 달아나지는 못하고, 가까스로 시인인 것들로부터, 살아나는, 되살아만 나서, 가까스로 죽음인, 점점 **빳빳해지는** 몸, 뚱이, 주렁주렁주렁, **그랬으면,**

있다고도 할 수 없게, 더듬이도 나도 당신도 젖꼭지도 깃들일 세월도 뼛가루 날리는 바람도, 영영, 썩어 흐물흐물 시인인 줄도, 잊고, 어둠 따위는, 거느리지도 않고, 웃음소리만, **ㅎㅎㅎㅎ**, 시인인 채로, 대낮처럼 눈을 찌르며, **ㅎㅎㅎㅎ**, 밤으로, 가지는 않고, **영영**, 오기만, **ㅎㅎㅎㅎ**,

조카의 탄생
— 부 하고 모 하는 사이

무어라 불러야 할까 당신과 나 사이
오직 당신이기만 나이기만 한 저것을
동시에 당신과 나인 적 없는 저 주머니를

당신이 나 몰래 말을 넣었나
내가 당신 몰래 말을 넣었나
빼꼼한 주둥이를 벌리면 말들이 자꾸 기어 나와
말들 무늬를 이루고 그 무늬 어긋나 헤아릴 수 없고
시나브로 내 몸으로 당신 몸으로 병균처럼 옮아가
떼어내도 떼어내도 스멀스멀 온몸에 새겨지는 말
들의 무늬

지워지지는 전혀 않고 말들
이라고는 하지만
발음할 수는 전혀 없는 말들

나 당신의 이름 한 번도 발음해본 적 없고
당신도 내 이름 한 번도 발음해본 적 없다는

그 으스스한 사실을 문득 깨달을 때 태어나지 저
것은
　세상의 모든 발음할 수 없는
　내 이름들과 당신의 이름들로 가득 차
　세상의 모든 발음할 수 없는
　말의 무늬를 짜내고만 있는 어긋나는 오직 새겨지
기만 하는

　무어라 불러야 할까 당신과 나 사이
　오직 당신만 나만 닮은 것 같은 저것
　동시에 당신과 나를 닮은 적 없는 혹은 아무것도
아닌
　어쩌면 태어난 적도 아주 없는 것 같은 저 꼬물거
리는 저 헤헤거리는 주머니를

조카의 탄생
—이모의 말

우리는 매일 싸구려 옷가지들을 낳았단다

온종일 먼지를 뒤집어쓰고 집이라고 돌아와 보면

배는 애드벌룬만큼 커다래지고 아비 없는 옷가지들 꾸역꾸역

가랑이 사이로 기어 나오고 울음도 없이 아무렇게나 쌓여가고

밤새 우리는 그것들을 이어 붙여 너를 지었단다

옷본도 재단도 필요 없었지 얼기설기 시침질만으로도

잘도 너는 태어나졌는데 어긋난 무늬가 네 몸 안팎을

여지껏 기어 다니는 것은 그 때문이란다 한쪽 다리가 길거나

한쪽 팔이 뒤틀려도 주머니들을 까뒤집으며 뒤뚱거리며

절뚝거리며 제 구멍을 찾지 못한 색색의 단추를 흔들며

우리에게 웃음을 주는 정말이지 우스꽝스럽기 짝

이 없는

　조카야 석유 냄새도 채 가시지 않은 네 피부 위 오스스

　돋아나는 보풀은 우리가 모조리 떼어줄게 떼어내도 자꾸

　돋아나는 보풀이 그것들의 싸구려 슬픔 같은 것이라고

　너도 언젠가 이해하게 될 날이 올 거란다 금세

　녹슨 쪽가위를 부지런히 놀리면 너도 매끈해질 거야

　이따금 얇아질 대로 얇아진 옷가지들에 구멍이 나도

　걱정따윈 접어두려무나 아직도 밤이면 가랑이 사이로

　기어 나오는 싸구려 옷가지들 울음도 없이 너무 많으니

　우리는 그것들을 자르고 덧대 언제든 너를 수선할 거란다

덧대다 덧대다 네가 아주 다른 너여도 결코 당황하지 마렴

그래도 너는 우리의 사랑하는 조카란다 질리도록

이어 붙이고 덧대고 또 이어 붙인 잘도 태어나는 수많은, 조카야

우리는 매일 싸구려 옷가지들을 낳았단다

싸구려 옷가지들을 낳고 우리는 젖이 붇고

하지만 네게는 젖을 물릴 수가 없구나

아무리 해도 네 주둥아리 찾을 길이 없구나

우리의 수많은 젖들 죄다 퉁퉁퉁 불어 터져도

네 몸뚱이 축 늘어져 도무지 일어설 줄을 모르고 불쌍한

조카야 네 머리를 우리는 여태도 짓지를 못하고만 있단다 있단다

조카의 탄생
— 삼촌의 말

머리를 만들지 못한 건 이모들의 실수였다
우리는 네 머리를 만들기 위해 골몰했다
머리가 어떻게 만들어질까 고민하며 우리는
먼지 쌓인 책들을 뒤져보기도 하고 우리의
머리를 서로 떼어내 이리저리 굴려보기도 했다
배꽃들이 모두 져버리고 열매를 맺지 못하는
배나무들만 바람에 흔들리고 있었다 해도
우리는 네 머리 만드는 일을 게을리하지 않았다
이따금 우리는 기타를 튕겼다 혹 기타 소리가
없는 배들을 눈뜨게 할까 생각했지만 그런 일은
일어나지 않았다 우리는 온통 네 머리 생각뿐이
었다
아카시아 향기가 달큰하게 번져가는 날이었다
웬 처녀 하나가 긴 머리를 찰랑거리며 배밭으로
걸어왔다 배밭이 수런거렸다 열매도 없이
배나무 가지들이 부딪치며 흔들렸다 열매도 없이
처녀는 옷을 벗었다 네 머리를 낳아달라고 할까
우리는 차례차례 처녀의 하얀 몸 위로 쓰러졌다

처녀는 매몰차게 가버렸다 우리는 버려졌고
그날 이후 배가 열리기 시작했다 우리는 열매에
허드레 신문으로 만든 농약 봉지를 씌웠다 열매는 점점
커져 봉지를 채워갔다 봉지들이 주렁주렁 가지마다
달려 늘어졌다 버팀목을 세울 수밖에 없었다
머리가 어떻게 만들어질까 고민하던 우리는
보고야 말았다 눈앞에 펼쳐진 수많은 머리를
유난히 풍작인 배를 모조리 내다 팔까도 생각했지만
우리는 농약 봉지도 벗겨내지 않은 네 머리 바꿔다는 일에
골몰했다 봉지마다 다른 문장이 인쇄돼 있었으므로
너는 매번 다른 말을 했다 우리는 계속 말을 시켰고
너는 네 머리에 새겨진 의미 없는 말들을 줄줄줄 뱉어내고
뱉어냈다 이따금 완성되지 못한 채 끊어지는 문장이나

알 수 없는 꼬부랑말을 발음할 때도 있었지만 네 수많은 머리가

지껄 지껄 지껄이는 말들이 우리는 신기하기만 했다

머리를 달자 네 몸이 비로소 부풀어 올라 일어섰다

걸을 때마다 때때로 무거운 머리가 굴러떨어지기도 했지만

걱정할 건 없었다 머리는 충분했고 버팀목도 충분했다

수없이 머리를 바꿔 달며 굴리며 의미 없는 말들을 주절거리며

네가 배밭을 떠나자 배는 더 이상 열리지 않았다

달큰한 아카시아 향기도 긴 머리의 처녀도

다시는 찾아오지 않았다 우리는 이제 더 이상

골몰할 일이 없어 과수원을 그만두었다 그래도 상관없었다

마침내 우리에겐 머리까지 달린 조카가 생겼으니 말이다

조카의 탄생
—아비의 말

처제들과 처남들의 슬하에서 그것은 자랐나 빈데
그 가죽 주머니 입과 성기만 단 가죽 부대
처음엔 마소들에게나 줘버릴까도 했지만
이리 차이고 저리 차이는 꼴이라 어디서
사슴과 새와 나비 한 마리 와서 그것의
탄생과 성장을 돕기는커녕 업신여길 뿐이라
하긴 옆구리에서 꺼낸 알도 아닌 바에야
그것은 애초부터 불가능한 일이라 여기긴
여겼지만서도 그처럼이나 천덕꾸러기일러나
했던 것이었으니 해도 처제들과 처남들이
호호 입김 불고 얼싸덜싸 어르며 키웠던
키우며 놀았던 바라 거기에 즈이들의 시간
몇 푼어치쯤은 그래도 안 보탰겠는가 하는
그런 생각쯤이야 할 수도 있을 것이지, 이지
이지만, 처제들과 처남들의 시간은 얼마나
비었는가 얼마나 빈 사이이기만 해서 바람
신산스럽게 불어닥치는 계절인가, 이기만 한가
그랬을 것이니, 저를 차던 마소의 시간과

96

오지도 않았던 사슴과 새와 나비 한 마리의
시간과 그것을 버려둔 당신과 나의 시간을
입고 입고 입고 껴입어 저것은 저렇게
부풀 부풀 부풀어만 지는가, 하고만 있는데
입과 성기만 달고 저 가죽 부대 가죽 주머니
굴러 굴러를 가버려버리데 당신과 나 사이
처제들과 처남들의 사이도 아닌 또 어떤 사이로
신화는 애진작에 글러먹은, 무슨 달짝지근한
바람이 부는지도 알 수 없는, 빛 쪼가리 하나
폴폴 날리지도 않는, 무엇과 무엇의 사이인지도
가늠할 수조차 없는, 그런 데로, 그러그러
아주는 안 돌아올 것처럼, 가버려버려, 그러그러

조카의 탄생
—조카의 말

헤헤헤, 나는 텅 빈 조카입죠 덕지덕지 팔다리가
붙어는 있으나 제멋대로 흔들거리기 일쑤이고 머리
는 이리 기웃 저리 기웃 온통 덜렁거리는 통에 길은
눈앞에 온통 꾸불텅꾸불텅 펼쳐지다 말다 풍경은
또 물감을 뒤섞어놓은 듯 엄청시리나 어지럽고 거렁
뱅이만도 못하게 노래도 한 소절 배워먹지 못한 주
제여서 어디 한나절 허름한 주막에나 나앉아 시름시
름 늙어가는 주모에게 추파 한번 던져보지도 못하였
거니와 그렇다고 어디 예쁘장한 총각이나 하나 꼬여
밤도망을 치지도 영 못하였으니 헤헤헤, 이건 뭐 사
내라고도 계집이라고도 젊었다고도 늙었다고도 사
람이라고도 짐승이라고도 살았다고도 죽었다고도
하기 어려우니 여보 이모 삼촌네들 내 모를 줄 아시
오 시도 때도 없이 내 몸을 드나들며 당신네들이 밥
도 먹고 똥도 싸고 그 짓도 하고 웃고 울고 내 몸을
서로 차지하겠다고 당신네들끼리 시비 붙고 찢고 발
기고 싸우고 하는 꼴일랑을 해도 헤헤헤, 나는 당신
네들이 깁고 덧대고 만들어낸 조카이니 그 꼴을 마

냥 지켜만 볼 뿐이고 내 무슨 힘이 있어 뜯고 말리고 할 것이오만 이따금 몸 어디 한군데가 뜯겨 불쑥 삐져나오는 당신네들의 팔꿈치나 젖가슴 혹은 빠짝 힘을 준 성기 같은 것을 볼라치면 영 찜찜도 그런 찜찜이 없더니 기이하게도 한 날 예의 그 아귀다툼 후에 서로 눈치나 보다 아무도 내 몸에 비집고 들어오지를 못하였던가 본데 헤헤헤, 그날 느닷없이 얼기설기 시침질한 내 몸 거죽 틈새로 빛이 글쎄 쌔하얗게도 빛이 여기저기 새어 나오지 않았겠소 그 빛 하도 신기하기도 하여 마냥 텅 빈 몸을 이리 비틀 저리 비틀 덜렁거리는 팔다리를 더욱 흔들어 이리로 저리로 하며 아예 없을지도 아니 없기가 아예 쉬울 넋이라도 놓고는 놓아버리고는 망연히 바라만 보면서 이모 삼촌네들 대신에 웬 빛 덩어리가 들어와 이 요사를 부리는고 없는 생각이나마 보태고 보태고 한참 동안이나 하였는데 헤헤헤, 생각난 듯 문득 사그라들더니 그 빛 새어 나오던 자리에 웬 소리 다발이 뭉텅이로 쏟아져 나와 시침한 실 금방이라도 끊어먹어버

릴 듯 우악스럽게 소리 쏟아를 져 나와 팽팽히 당겨
진 그 실 간신히 내 가죽을 붙잡고나 있었더랬는데
그 소리 다발들 가만히 들어볼작시니 흐엉흐엉 흐윽
흐윽 아아아아앙아앙 꺼어이꺼어이 허어허어이 아이
고데고 후울쩍흐읍후울쩍 이런 개나발보다도 못한
소리였으니 나 안간힘을 쓰고 막고 막고 막고 막아
를 보아도 허허 막으면 쏟아지고 막으면 쏟아지고 당
최 막아지지를 않았더래서 하루 온종일 땀을 뻘뻘뻘
흘리며 어찌할 바 모르고 쩔쩔쩔 매며 앉아만 있었
는데 해 지고 소리도 집다 그만 헤헤헤, 그날 이후
빛도 소리도 영영 사라지고 나는 다시 텅 빈 조카
가 되어 이모네들 삼촌네들 껍데기 노릇이나 또 하
고 앉았는 세월인데 헛 이상한 일이지 그날부터 내
몸을 비집고 들어온 당신네 이모네 삼촌네가 가끔씩
말이야 흐엉흐엉거리거나 꺼어이꺼어이거리거나 하
는 것도 모자라 어디서 주워들었는지 노래라는 것도
가물에 콩 나듯이지만서도 불러제낄 때가 있더란 말
이야 해서 말이야 헤헤헤, 사내라고도 계집이라고도

젊었다고도 늙었다고도 사람이라고도 짐승이라고도
살았다고도 죽었다고도 하기 아직 어려우나 나도 어
디 한나절 허름한 주막에나 나앉아 시름시름 늙어
가는 주모에게 추파나 한번 던져볼까 어디 예쁘장
한 총각이나 하나 꼬여 밤도망을 칠까 하며 혜혜혜,
거리며 제멋대로인 팔다리 흔들흔들 머리도 이리 기
웃 저리 기웃거리면설라무네 슬슬슬 마실이나 에헴
행차하여볼까 한다는 그 말인 것입죠 말하자면, 혜
혜혜

조카의 탄생
—어미의 말

손 위에 손이
발 위에 발이

몸 위에 몸이
포개지네

눈 위에 눈이
귀 위에 귀가

당신 위에 당신이
미끄럽네

간신히
바람은 바람 위에

102

형
―숨바꼭질

형이 먼저 숨었다 나의 차례는 항상 나중 형을 찾아 골목 여기저기 들쑤시고 다녔다 들쑤실 때마다 골목이 느리게 꿈틀거리는 것도 같았는데 그때마다 골목은 점점 으슥해지고 가로등 자꾸 깜박거렸다 형은 머리카락도 보이지 않았다 나는 아니고 형을 부르는 소리 무겁게 깔리는 어스름 찢으며 골목 저편에서부터 자꾸만 들려오는데 못 찾겠다 꾀꼬리! 못 찾겠다 꾀꼬리! 수없이 외쳐도 형은 나오지 않았다 형은 이 골목의 똥구멍에라도 숨었나 도무지 형은 찾을 수 없고 나는 울었다 내 울음이 형한테 가 닿도록 쉬지 않고 엉엉 그러나 영영 골목의 똥구멍 찾을 수 없었다 마지막 눈물을 훔치며 하는 수 없이 나는, 나를, 형이라, 부르기로 했다 나는 더 이상 형의 동생이 아니었다 형이 먼저 숨고 나는 나중에 형이 되었다 드디어 형, 찾았다! 울음기가 채 가시지 않은 목소리로 나는 소리쳤다 자, 이제 이 형이 숨을 차례지? 이윽고 가로등도 꺼지고 날카롭게 자꾸만 나는 아니고 형을 부르던 소리도 무뎌져 더는 들리

지 않는 밤 이번엔 술래가 될 동생이 없었다 머리카
락도 보이지 않았다 어둠이 거대하게 꿈틀거리는 그
곳이 골목의 입인지 똥구멍인지 분간할 수 없었다

형
― 필사

형이 나를 먹기 시작했다 그것은 형의 최초의 근친 식인 나는 형을 필사하기 시작했다 형은 이제 막 베껴지기 시작하는 문장 그것은 내 최초의 근친 필사

형의 왼손이 내 머리채를 휘어잡았다 나는 평범한 오른손잡이 그러므로 내 목덜미를 문 형의 이빨로부터 가장 나중까지 안전할 것이다 나는 부지런히 형을 써 내려갔다 형은 늘 주어로 존재한다 형은 하고 있다, 사이에 항상 내가 있다 나는 목적어쯤이려나 아니면 관형사? 그래도 나는 우리가 하나의 서술어로 묶여진 게 행복하다 어둠 속에서 형은 내 몸통을 이빨로 파헤치며 아프니? 하고 묻는다 내 오른손은 아프니?라고 쓴다 어둠이 끝나지 않을 것 같은 두루마리 휴지처럼 풀려 나온다 풀려 나와 방 안을 가득 메운다 형은 진부한 수사로 몸을 둘둘 말고 내 내장을 먹어치운다 내장 끝에 달린 성기와 똥구멍도 샅샅이 씹어먹는다,라고 적는다 형이 살살 먹을게,라고 속삭이면 살살 먹을게,라고 조그맣게 받아적는

다 무척이나 열심히도 내 오른손은 형이라는 문장을 더듬는다, 라는 문장은 추상적이다 추상적으로 형은 내 팔다리를 와그작와그작 씹어먹는다 두번째로 등장한 씹어먹는다, 라는 서술어는 진부하다 앞의 씹어먹는다, 는 핥아먹는다, 나 빨아먹는다, 로 바꿨어야 했는지 모른다 그러나 그 서술어들은 너무 성적인 의미를 부각시킨다 어찌해도 진부하다 진부한 밤 진부한 이미지로 형은 필사된다 형이 눈알과 코와 귀와 뇌와 결국 입까지 먹어치울 때까지 아 젖꼭지 내 어린 젖꼭지는 아직 형이 먹지 않은 내 가죽에 붙어 덜렁거리고 내 오른팔은 여전히 분주하다 형은 먹고 나는 쓴다 형과 나는 먹고 쓰는 일로 촌각을 다툰다 형는 마침내 내 남은 가죽까지 다 먹어치우고 내 오른팔을 먹기 시작한다 내 오른손은 조급하다 내 오른손 손가락에 힘이 잔뜩 들어간다 나는 형을 다 베껴 쓰지 못했,

형은 밤마다 나를 먹었다, 라고 나는 쓴다 나는 밤

마다 형에게 먹히고 형이 되었다,라고 쓴다 형은 밤마다 형이 된 나를 먹었다,라고 쓴다 허름하기 이를 데 없는 판자촌 골목을 지나 녹슨 대문을 지나 덜컹거리는 미닫이문을 지나 형의 무게만큼 짓누르던 어린 날 어둠 속에서,라고 쓴다 서정적으로, 형은 나를 먹기 시작했다,라고 나는 다시 베껴 쓰기 시작한다

형
— 둔갑

매일 뼈를 잃어버리고 온 여자가 있었던 모양이었는데,

하루는 손가락뼈를 죄다 흘리고 빈 장갑 같은 손을 흔들며 오고 하루는 정강이뼈를 빠뜨리고는 기다란 스타킹처럼 발을 끌고 오고 나중에는 넓적다리뼈 엉치뼈 또 나중에는 열두 대 갈비뼈며 척추도 후두둑 떨어뜨리고 마침내는 내장도 다 쏟아버리고 제 두개골마저 무슨 커다란 씨앗이라도 뱉듯 쏙 발라버리고 뭍에 올라온 해파리처럼 흐물흐물흐물해져서는 기어 기어 오고 오고 왔던 모양이었는데,

공장 굴뚝의 그날따라 새카만 연기가 뭉텅뭉텅 베어져 그 동네 골목마다 가득 들어차서 숨도 제대로 쉴 수 없던 그런 날이었나 본데, 그런 해질녘이었나 본데, 그런 새벽녘이었나 본데,

형은 겨우겨우 기어 오고 있는 여자의 껍질을 주워 제 몸에 뒤집어썼더라는데,

해서 형은 영락없이 그 여자로 둔갑되었더라는데, 그러고는 매일 아침이면 긴 머리 휘날리며 또각또각

또각, 뼈를,

　잃어버리러 가고 가고 갔다는 이야기인데, 말인
즉슨,

　습지에서 기어올라온 수많은 민달팽이 떼가 형의
벌거벗은 몸을 뒤덮어버리는 장면은 어느 영화에선
가 본 것도 같고, 가물가물가물

형
―동거

어느 한 시절 형과 살았어요. 하지만 형의 얼굴을
볼 수 없었죠. 또, 또, 또, 그 얘기로군. 그 얘기라면
이미 수십 번은 들었을 걸. 내가 잠든 밤이면 깨어나
집 밖으로 나갔다가 내가 깨지 않은 아침도 이른 시
각에야 형은 들어왔지요. 형이라 하니 형인 줄 알 뿐
그가 청년인지 노인인지 나로서는 알 수도 없는 노릇
으로 형과 살았어요. 그만하시지. 이제 그런 얘기 따
윈 믿지 않아. 형의 방문을 열어보는 것은 금기인 줄
만 알고 살았더랬는데, 한 날 하필이면 일찍 잠이 깨
어 형이 들어오는 인기척을 듣고는 마음이 참을 수
없이 동하여 그만 형의 방문을 열고 말았어요. 형은
송장처럼 엎드려 자고 있었죠. 다시 마음이 동하여
형의 얼굴이나 한번 볼 요량으로 엎드린 형을 뒤집었
는데, 이럴 수가, 형은 얼굴이 없었어요. 지겨워. 얼
굴이 없다는 그 얘기. 실은 그 얼굴 보고 싶지 않았
던 건 아니고? 얼굴이 없으니 엎어진 내 쪽이 앞인
지 뒤인지 알 길 없었는데 뒤집힌 몸뚱아리 가랑이
사이에 쪼그라든 불알 두 쪽이 달려 있어 그쪽이 앞

인 줄 알았지요. 달랑 불알 두 쪽만 달고 겨우 형인 몸뚱이 아래, 그런데 또 형 하나가 엎드려 있는 것이었어요. 기막히죠? 두번째 형을 또 뒤집어보니 그 아래 또 형이었다는 그 아래도 또 또 형이었다는 그 얘길 하려는 것 아냐. 그 형이 무슨 오징어포도 아니고. 한 겹 두 겹 세 겹 네 겹 헤아리다가 다 못 하고 그만두었다는 얘기도 지난번에 했던가요? 왜 형은 그렇게 수많은 형일까 궁금해하기도 전에 무서워서, 형이라 불리는 형들이 차곡차곡 죽은 듯이 포개져 잠들어 있는 방문을, 덜덜덜 떨면서 닫을 수밖에 없었죠. 닫고는 다시는 열어보지 않았더랬는데, 그래서 형을 잃었다? 그날부터 형은, 아니 형들은 아침에도 밤에도 보이지 않았다? 그 많은 형들이 어느 어두운 거리로 흩어졌으리라 짐작만 할 뿐이었는데, 오늘처럼 거리의 어둠이 얼룩덜룩 흔들리는 날이면 형이 불쑥불쑥 모습을 드러내죠. 상가 으슥한 귀퉁이나 허름한 여관 골목이나 이제는 문 닫은 극장 매표소 근처 여기저기서 말이죠. 얼굴도 없이 불알 두 쪽만 달고. 그래서 그게 나랑 무슨 상관이지? 자꾸 왜 날 잡고 그 얘길 하는 거냔 말야? 얼굴이 없으니 눈도 없고 눈이 없으니 날 못 알아볼밖에. 이거 봐. 내 얼굴에서 그 우악스러운 손 좀 치우라고. 그래도 불알 두 쪽은 달고 있으니, 나를 대체 어디로 끌고 가는 거야? 그곳으로는, 내 형이 틀림없어요, 당신은. 다신, 돌아가지 않을 거야. 몇 번째 겹쯤인지는 알 수 없지만, 이러다간 내 몸이 으스러지겠어. 제발, 이제 이런 이야길랑 신물이 다 넘어올 지경이라고. 당신은 분명, 그 손 좀 그만 바지춤에서 빼지, 그래. 으흐흐흐, 형, 제발, 형, 형, 이제 더 이상은, 흐흐흐, 속지 않을 거야. 않을 거라고.

형
—동생

동생은 손목을 그었다 동생이 손목을 그을 때마다
낯선 사내가 하나씩 쓰러졌다 쓰러진 자리 동생은
동생의 얼굴로 다시 피어났다 동생이 팔목을 긋기
시작한 것은 내가 나의 시간을 살기 시작하면서
부터였다 젖 대신 동생은 나를 빨아 먹었다 쪽쪽쪽
빨리면서 나는 말라가고 말라가도 동생은 쪽쪽쪽
빠는 것을 멈추지 않았다 동생은 피둥피둥 살이
찌고 피둥피둥 살을 불려가는 동생의 시간은 영
원히
동생의 시간만일 것 같아서 나는 허물을 벗듯 그만
동생의 시간에서 빠져나온 것인데 나를 빨지 못
하는
동생은 점점 마르고 말라비틀어져 갈비뼈 불거
지고
해골만 남은 얼굴에 커다란 눈을 달고 나를 향해
깜박거리며 눈물 흘리며 눈곱 끼면서 눈물 흘리며
살았다가 죽었다가 다시 살기를 반복하며 제 시간
안에서 줄곧 나만 기다리고 기다렸다 해도 다시

나는

   동생의 시간으로는 영원히 돌아갈 수가 없다 내가

   동생의 시간에서만 형인 사실을 알아버린 탓이고

   나는 나여서 나를 빨아먹는 동생 따윈 이미 처음

부터

   없었다고 오래전부터 믿고 믿고 믿어버린 탓이다

   해도 내가 없는데도 손목을 그으며 동생은 끈질

기게

   낯선 사내를 하나씩 쓰러뜨리며 여태도 동생의 시

간을

   살았다가 죽었다가 다시 살기를 반복하는 모양

인데

   실은 그 낯선 사내가 동생에겐 동생이었다는 것을

   실은 동생은 오래전부터 제 동생에게 쪽쪽쪽 빨

리며

   실은 동생은 오래전부터 이미 형 구실을 했으면

서도

   실은 동생은 제 동생을 쓰러뜨리고 동생의 시간

으로

　실은 다시 돌아와 나를 아직도 기다리고 기다린
다는 것을

　살았다가 죽었다가 다시 사는 동생의 내력만큼
이나

　실은 그랬다는 것을 나는 결코 알고 싶지도 않았
는데

형
—낱말들

우린 같은 육체를 가졌군, 그가 말했다 같은 모음을 지닌 낱말들처럼 목덜미도 젖꼭지도 회오리 같은 배꼽도 성기가 휘어진 방향도 음모의 곱슬거림도 가느다랗고 하얀 손가락이며 위태로운 발목 그래 머리가 없는 그림자도 모두 같아 우리가 서로의 얼굴을 알아보지 못하는 것도 역시 같으면 나는 너인가 너는 나인가 같은 피가 우리 육체를 돌고 있는지는 확인할 바 없어도 우리가 태어났을 때 어머니는 말했지 너는 이제부터 형을 연기하렴 너는 이제부터 동생을 연기하렴 우리는 어머니가 가리키는 손가락이 우리 중 누구였는지 정확히 알 수 없었어 어머니는 우리의 얼굴을 정말 알아보았을까

옷장 안에 오래 숨어 있던 날이 있었지 옷장 밖의 오후가 어떻게 흘러갔을까 궁금해질 즈음 우리는 잠들었는데 어둠 속에서 게슴츠레 눈을 떴을 때 우리는 서로의 얼굴을 알아보지 못하게 되었어 그때부터였지 우리 그림자에서 머리가 안 보이게 된 건 그날 옷장에서 우리를 발견하고 어머니는 말했지 네가 형

이니 네가 동생이니 우리는 대답하지 못했어 우리는 어머니의 손가락이 우리 중 누굴 가리키는지 그때도 정확히 알 수 없었거든 어머니는 우리를 정말 알아볼 수 없었을까

그 뒤로 우리는 각자 때로는 형 때로는 동생 흉내를 내며 살았지 서로가 서로의 흉내를 내며 나중에는 누가 누구 흉내를 내는지도 헷갈리게 되고 말았는데 서로가 서로를 알아보지는 전혀 못한 채 내가 너라고 확신할 수 없는 수많은 날들의 이유가 바로 너였던가 나는 네가 너라고 확신할 수 없는 수많은 날들의 이유였던 거고 우린 같은 육체를 가졌군 그것만은 확실하게 말할 수 있어 이것 봐 우린 같은 성욕을 지녔잖은가 같은 성감대를 서로 간질이며 서로 몸을 떨고 있지 않은가 있는지 없는지도 모를 희미한 희미한 자음을 달고, 그가 말했다 같은 모음을 지닌 낱말들처럼

형
—호칭들

형 같은 건 없다

타다 만 가방에서 문득 발견된 사진 속 누군가의
웃는 잇속
버리지 못한 버리지 못한 녹음테이프에서 슬쩍 흘
러나온 한숨
녹을 벗겨낸 뒤에야 겨우 보이는 버려진 철로의
매끄러운 피부

형 같은 건, 인제,

만져지는 육체 같은 건 바람 속에서 흩어지는 시
절 같은 건

무심코 떠오르는 환한 부재 같은 건 전신주에 매
달린
복잡한 전선들이 한꺼번에 흔들리며 내는 웅웅웅
소리 같은 건

형 같은 건, 정말이지,

다만 지독히도 나를 불러 세우는 호칭들 그것들
에게로 갈 뿐
그것들에게로 도망치려는 것은 결코 아니다 마음
을 다해서
그것들을 향해 달려갈 것이다 그것들이 다 사라지
기 전까지는

맹렬하게 언제까지고

사실, 형 같은 건 없다

변명, 우편배달부

길이 끝나지 않는다 길은 점점 가늘어지고 바람
분다 비 몰아친다 자전거 바퀴가 낭떠러지 좁은 진
창에 빠졌다 쉭쉭쉭 그놈들이 빗소리처럼 운다

가방 안에 독사 새끼들이 가득하다 독사 새끼들
은 내가 배지도 않았는데 출산의 때가 되었다는 듯
내 몸속으로부터 기어들들 나왔다 크고 긴 피리처
럼 내 몸엔 구멍들이 많으니 그 구멍 하나씩을 꿰차
고 독사 새끼들은 나왔던 것인데 그놈들은 어디 먼
데서 온 소식이라도 전하는 것처럼 나를 쳐다보고
있었더랬다 했으니 어디 먼 데서 온 소식이라도 전
하려는 것처럼 나 또한 그놈들을 가방에 꾸려 길 떠
나지 않았겠는가

자전거 바퀴에 뱀처럼 휘감기는 흙먼지 말라서 더
마를 것도 없는 먼지의 타래들은 쉬이 바퀴를 빠져
나가지 못한다 무릎뼈가 아스러져라 패달을 밟으며
경사 급한 산길을 오른다 쉬다 오르고 오르다 또 쉬
고 또 오른다 끝도 없이 길은 오래된 슬픔처럼 점점
가늘어지고 끊어지지는 전혀 않는다 첫 먹이를 먹지

못한 독사 새끼들 세차게 꿈틀거리고

　가방은 울룩불룩거리고 결국 모두 죽을 것이다 이 길 끝의 늙은이들은 소금이라면 좋으련만 굳은살 켜켜이 박이고 푸석한 살갗 축축 늘어진 늙은이들의 손에 내가 전하려는 것이 독니 가득 들큼한 독을 품고 있는 이놈들이니 늙은이들은 나를 땅꾼쯤으로 여기며 죽을까 한 번도 나는 내 소식을 그들에게 전한 적이 없다

　가방에 새겨진 희미한 제비들이 훨훨 그만 날아가고 길은 나를 통째로 먹어치울 작정인가 길이 긴 아가리를 연다 몸통밖에는 남지 않은 긴 길이 나를 옭아온다 자전거 넘어진다 독사 새끼들 흩어진다 숨 막힌다 막힌다 힌다

변명, 코인로커

당연히 코인로커지. 어디라고 생각해? 언젠지 기억도 나지 않는 오래전 누군가 동전을 집어넣고 철커덕 나를 처음으로 꺼냈겠지. 아직 형체를 갖추지 않은 어둠 속에서. 그런 게 당신이 말하는 고향이라면, 내가 빠져나온 여기, 당신이 지금 막 나를 꺼낸 여기, 코인로커지. 최초의 동전은 녹슬었을지 모르고, 최초의 코인로커는 철거되었을지 모르지만, 그런 건 상관없어. 세상에 널린 게 코인로커니까. 그 많은 고향 중 하나를 나는 선택하기만 하면 되지. 못 그럴 때도 있지만 가급적 나는 고향에 가 잠든다고. 지금처럼 동전을 맡기고 누군가 나를 선택해주길 기다리면서. 덜 여문 어둠 속에서, 날마다 태어날 준비를 하면서.

코인로커의 세계는 당신이 생각하는 것처럼 단순하지 않아. 당신이 어떤 물건을 맡긴다고 해서 꼭 그 물건을 그 코인로커에서 다시 찾으리란 법은 없지. 당신이 물건을 집어넣고 철커덕 열쇠를 잠그는 순간, 물건은 코인로커의 세계에 빨려들어 가지. 코인로커는 거대한 무정형의 세계야. 크건 작건 네모반듯한 코인로커가 사람들의 길목 어디쯤 놓여 있다는 건 그저 코인로커의 눈속임에 불과해. 한번 코인로커에 속한 물건은 자주 먼 여행을 하곤 하지. 물건이 물건을 벗어버리고 그저 시간이 되는 여행. 시간들은 뒤섞이기도 해서 물건이 이따금 주인을 잘못 찾아가는 일도 있지만, 코인로커의 세계를 이해한다면, 그건 그리 대수로운 일도 아니지. 뭐야? 미아보호소의 아이처럼 얼굴에 눈물 자국이나 그리고는 물건이 그 비좁은 코인로커 속에서 얌전히 놓인 채 당신이 돌아올 때까지 발만 동동 구르고 있을 거라고 생각하는 거야? 정말?

나를 꺼내기 전에 당신이 맡긴 물건일랑 그만 잊어버리라고. 비록 내가 호실을 잘못 찾아오긴 했지만, 당신이 또 다른 번호의 코인로커를 열었다고 해도 내가 거기 또 있었을지도 모르는 일이니까. 물론 시간을 바꿔치기하는 일이 내 특기이긴 하지. 그건 그러나 내가 선택할 수 있는 일은 아니야. 어디까지나 그건 거대한 코인로커 세계의 일이지. 난 코인로커 세계의 일개 주민일 뿐이라고. 그러니 그렇게 화낼 필욘 없어. 당신은 올 것이었고 오고 있는 중이었어. 당신은 올 것이었으므로 왔을 것이었지만, 왔다가는 다시 오고 또다시 오고. 오지 않을 이유를 수만 가지 주렁주렁 매달고서도 기어이 오지 않을 리 없었으므로, 결국 오고야 말았어. 당신은 영원히 올 것이었지. 나에게 오고 있는 모양으로 당신은, 지금도 오고 있고, 내가 시간 속에서 완전히 부패해버리기 전에, 왔고 온 거야.

　나는 다만 두근거렸을 뿐이야. 분주히 오가는 사람들의 저벅저벅저벅저벅 사이에서도 고양이처럼 조심스러운 당신의 발걸음을 분간해내었다고. 당신의 발소리가 가까워질수록 내 말은 비로소 또렷해졌지. 내 몸도 영혼도 비로소 생시로 마구마구 돌아오고. 자, 이제 모든 권한은 당신에게 있어. 당신이 나를 당장 쓰레기통에 내팽개친들, 당신이 나를 질질 끌고 다닌들 내가 무슨 할 말이 있겠어. 꼭 그래야 하는 건 아니지만, 혹 그럴 마음이 있다면, 이 나를 데리고 당신이 옮겨 갈 곳을 정하는 건 이제 당신 몫이야. 그곳에 코인로커가 있기를 나는 단지 바랄 뿐이지. 한데, 그 전에, 어디 한번 얘기해보라고. 아직 꺼내지지 않은 당신의 어두운 시간에 대해. 아침도 밤도 없는 날들에 대해. 모든 말이 끝나고, 덩어리진 웃음만 여기저기 종기처럼 피어난 당신의 그 몸에 대해. 그리고 무엇보다 당신의 고향에 대해.

변명, 목소리

보낸 자가 분명치 않은 목소리 하나 배달되어 왔
다 보낸 자의 주소는 얼룩졌고 도착하자마자 목소
리는 제가 담겼던 목곽의 허술한 이음새를 벌려 꾸
역꾸역 기어 나왔다 끈적한 점액질에 싸인 목소리
는 번들거렸으며 쉼 없이 형체를 바꾸며 꿈틀거렸다
어떤 감정으로부터 태어난 목소리인지 알 길 없었으
나 하도 미끌미끌하여서 손으로는 도저히 잡을 수도
없었다 목소리를 주문한 적도 부탁한 적도 없는 나
는 그 징그러운 목소리를 감히 포획해 가둬둘 엄두
도 내지 못하고 집 안 여기저기 목소리가 점액질의
길을 내는 것을 속수무책으로 그저 바라만 볼 뿐이
었는데, 한밤중에 내가 갑갑증에 잠이 깨어 게슴츠
레 실눈을 뜨고 보니 그 뭉툭한 목소리 내 목을 친
친 감고 있질 않겠는가 짐짓 잠든 척은 했으나 스멀
스멀 목소리의 육중한 몸집이 내 목과 얼굴을 짓누
르며 꿈틀거리는 바람에 행여 옴짝달싹이라도 했다
하면 해코지나 당하지 않을까 하여 실은 겁에 질려
숨도 못 쉬던 것이었더랬다 한데 어떤 소리도 내 목

구멍으로 올라와 도무지 뱉어지지가 않는 것이었으니, 애진작에 내 목소리가 사라졌다는 사실을 그제야 알아는 버렸으나, 천 갈래 만 갈래 갈라지는 목소리도 있다는 풍문을 들은 바 있긴 했어도, 나를 누르던 그 목소리가 미처 헤아릴 틈도 없게시리 갈래갈래로 갈라지며 찢어지며 내 몸을 온통 뒤덮고 말 것이라는 덴 차마 생각이 미치지는 못하였겠다 모르는 사람이 보았다면 느작없이도 무슨 민달팽이 떼가 내 몸 구석구석을 샅샅이 점령해버린 줄로만 여겼을 터인데, 점점 더 미세하게 징글징글 분열에 분열을 거듭한 끝에 여간 귀를 바짝 갖다 대지 않고서는 그것이 목소리인지도 모르게 조그만 조그만들 해져서는, 기어이, 그 목소리, 들, 내 몸 사만팔천 털구멍마다다에 스며, 스며, 스며를 들고 말았던 것 아니겠는가

　노래 한 자락 못하는 쇳소리를 내가 지니게 된 연유인바 당신이,
　정녕 쇳소리에 원한 맺혀 죽은 귀신이 아니라면

은, 기필코 당신이,

　내게 그 목소리를 보낸 자임을 나는 믿고 믿어 의
심치 않는데, 켁,

변명, 사다리

늙은네는 그것이 사람이었다고 전하니, 머리털 다 빠지고 겨우 희끗희끗 몇 올만 남았고 눈썹 있던 자리엔 붉은 진물만 흘렀고 볼은 홀쭉하니 깊게 주름이 파이고 이는 하나쯤 남아 있었으나 잇몸 또한 거무튀튀하여선, 뭐 그런 입으로 말한 바를 믿기는 어려우나, 어디 낡은 옥상쯤에 그런 사내 하나 있다는 것쯤이야 누구나 짐작할 바이긴 하지, 만서도 그 사내가 위태롭게 기울어진 채로 공중을 향해 팔을 뻗어올리고 쭉 편 다리이기는 했으나 삐걱삐걱 소리를 내며 겨우 서 있었던 것은 어딘지 의심스러운 대목인데다, 그 비쩍 마른 사내의 몸을 담쟁이가 우악스럽게도 뿌리를 내리고 그 징그러운 푸른 잎들을 수많은 혀처럼 날름날름거렸다는 대목에선 웃음을 터트릴 수밖에 없었는데, 하긴 그것이 꼭 담쟁이일 필요는 없는지라, 그것이 유난스런 아이들이었을 수도 있고 것도 아니면 아이들의 재잘재잘 꺄르르 웃음소리쯤이 날름날름 사내의 몸을 타고 공중으로 흩어졌을 수도 있고 또한 것도 아니면 수시로 그 집 앞을

지나다니며 사려, 사려,를 외쳐대는 장사치들의 새된 목소리였을 수도 있지 않았겠는가, 해서 밤이면 바람에 무섭게 떨기를 멈추지 않았다고 하니 뭐 그렇고 그런 덩굴쯤이라고 해두는 수밖에, 하여도 그건 어디까지나 오르는 것들의 이야기일 뿐 내려오는 이야기는 왜 없는가 또한 의심하지 않을 수 없었는바, 늙은네는 어느 밤 발걸음들이 공중에서부터 사내의 몸을 타고 후다닥 미끄러지듯 내려왔다고,는 하면서도 그 발걸음의 주인에 대해서는 끝내 함구하여서 나는 갑갑증을 감출 수가 없었는데, 아닌 밤중에 밤손님이나 되나 갸웃거려도 보고, 나는 능력을 상실한 천사나 혹은 마귀쯤이려나 세차게 도리질도 쳐보는 것이렷다,나 하는 것이었는데, 더러운 얼굴로 늙은네가, 아름다움에 관해서라면,이라고 이야기를 시작하자, 나는 그만 바닥을 데구르르르 구르며 포복절도할 수밖에 없었으니, 썩은 내 나는 입구멍에는 가당치도 않은 말 하나가 튀어나오고 있었으니 그도 그럴밖에, 여튼, 다 삭아 너덜거리는 사내의 손끝

130

이 여전히 공중을 향해 있는 것에 대해 늙은네는 말하려고 했던 모양이었던가 본데, 그것들은 녹이 붙어 어쩌면 점점 비대해지는 건지도 모르지만 조금씩 공중으로 흩어지는 그것들에게 스스로 공중의 일부가 되었다고 말하지 않을 핑계도 없지, 하고 늙은네는 무척이나 천연덕스럽게 실실 웃음을 흘렸지만 웃음과 함께 흘러나온 검은 침들이 늙은네의 뾰족한 턱을 지나 쭈글쭈글한 가슴께로 떨어지는 순간, 그것은 오래되고 진부한 거짓말이라는 사실을 나는 대번에 알아차렸지, 차렸고 말고, 나는 몇 푼 쥐어 주고 늙은네를 내쫓았지,라고 생각한 건 착각이었다는 걸 다음 날 아침에야 알았다네, 늙은네는 꼬부라진 몸을 조금씩 펴 잠들었던 내 몸을 어기적어기적 기어오르고 있었더라는 이야기인데, 나는 또 몸이 빳빳하게 굳어 만세를 부르는 자세로 누워 있더란 것이네만, 늙은네는 내 몸 위에서 비비적거리며 오르려는 것인지 내리려는 것인지 저도 알 수 없다는 표정으로 음산하게시리 실실실 검은 침과 함께 웃음이나

흘리며 누운 나를, 나를 바라보고 있더란 말이지, 라
는 말은 또 참말인가 거짓말인가 오르는 것인가 내
리는 것인가, 라더라는, 덕지덕지 붙어 온통 나불나
불거리는 담쟁이 이파리만큼이나 또 알 수 없는, 없
게 되어버린, 것이기만 하네만은,

변명, 라디오

내내 늙기만 한다 죽지는 않고 늙디늙는 몸인데
소리들이 빛의 꼬리를 달고 바람 빠지듯
새어 나온다 나와 뜰에 번진다 무리진 국화
한 잎 한 잎 다 그 소리로 벙그는 것처럼
소리로 밝다 뜰에 와 지저귀다 가는 새의 날갯짓도
몸에서 빠져나간 것은 소리뿐만은 아니어서
애인도 몸 한구석 파헤쳐 나와 영영 갔다 간지러운
애인이 몸 안에 있기나 했는지 늙은 몸 기억하지
못한다
해서 주름은 주름대로 밝다 밝아 살비듬
금가루처럼 털고 털며 닳은 농구의 날이나
반짝반짝 닦는다 얼마나 많은 흙과 돌부리와
벌레들과 물과 뿌리와 줄기와 이파리들과 애인들이
다쳤을까 다쳐서 빛났을까 다칠 때 농구의 날
조금씩 닳고 그 닳음은 어느 시간에 빛인가
부신 어둠인가 하여 누구였을까 날의 낱알들 그
러모아
쟁그렁쟁그렁 내 늙기만 하는 몸에 쟁여둔 이는

단 하나의 계절만을 살았다 단 하나의 음악만이
일생에 걸쳐 내 몸을 통과해 갔다고는 할 수 없겠
지만
닳아지면서도 농구의 날처럼 챙, 빛과 소리가 하
나인
그런 계절에 여전히 나는 늙는다 늙고 늙어도
늙음 바깥에까지 이 낡아빠진 소리통의
전파 너머에까지 나는 아직 닿지 못한다 언제까
지고
몸은 몸일 뿐이고 내 몸만 아니라 또 누군가의 몸
이며 빛나는
혹은 빛바랜 지지직거리는 소리통일 것이니 해도
소음은 기어이 해독할 수 없는 우거진 잡초, 음악
일 것이니
다행이다 다행이어서 가을은 가을이고 뜰은
속살거리는 빛 무더기 속이고 나는 느릿느릿 늙어
만 간다

당신의 날씨

돌아누운 뒤통수 점점 커다래지는 그늘 그 그늘
안으로

손을 뻗다 뻗다 닿을 수는 전혀 없어 나 또한 돌
아누운 적 있다

서로가 서로를 비출 수 없어 나 또한 그만 눈 감은
적 있다

멀리 세월을 에돌아 어디서 차고 매운 바람 냄새
훅 끼쳐올 때

낡은 거울의 먼지 얼룩쯤에서 울고 있다고 당신의
기별은 오고

갑작스러운 추위의 무늬를 헤아려 되비추는 일마
저 흐려진 아침

하얗게 서리 앉은 풀들의 피부에 대해서 안부를
묻는 일도

간밤 산을 내려와 닭 한 마리 못 물고 간 족제비
의 허리

그 쓸쓸히 휘었다 펴지는 시간의 굴곡에 대해서
그리워하는 일도

한 가지로, 선득한 빈방의 윗목 같을 때, 매양 그
러기만 할 때,

눈은 내려 푹푹 쌓이고 쌓이다 쌓이다 나도 당신
의 기별도 마침내

하애지고 그만 지치고 지치다 지치다 봄은 또 어
질어질 어질머리로

들판의 주름으로 와서 그 주름들 사이로 꽃은 또 가뭇없이 져 내리고 꽃처럼도

나비처럼도 아니게 아니게만 기어이 살아서 나 또한 뒤통수 그늘 키우며

눈도 못 뜰 세월 당신은 또 무슨 탁한 거울 속에서나 바람 부는가 늙고 늙는가

문득 그렇게 문득문득만 묻고 물은 적 있다 있고 있고 있고만 있다

거대하고 시뻘건 노래가

노래를 빠져나오자 다시 노래였다
어디서 가수도 없이 노래 흘러나오고
나는 노래의 감옥에 갇혔다

가늘고 긴 가사들이 몸을 향해 뻗어오고
시뻘건 노래가 몸을 덮는다 숨 막힌다
서서히 목구멍을 점령하는 노래의 실핏줄
눈알 뒤집히고 소리도 없이
혓바닥 한 자나 뽑아져 나오고
온몸의 구멍이란 구멍으로 무섭게
뻗어 나오는 노래의 신경 다발들

노래에게 나는 양분을 빼앗기고
나는 내가 아니고 그만 노래이고

나를 온전히 먹어치우고
거대하고 시뻘건 노래의 덩어리가
사람의 마을로 기어가고 있다

위험하다

당신의 어둡고 환한 육체

송 종 원

　　생산은 언제나 귀찮은 일 삶은 무수한 생산 안으로 쪼
개져 숨었다 청맹과니 같은 죽음 때문에 몹시도 나는 바
람 분다 우우우 나는 명암이 희박하다 우우우 빛나는 나
이를 거들먹거리며 청년들이 거리에 가득하다

──「휴일」 부분

　　시가 비극성과 부정성에 예민하다는 편견 아닌 편견
때문인지 때때로 우리는 서투른 시에서 삶이 초라하다거
나 혹은 볼품없는 삶이 지긋지긋하다는 식의 전언을 발
견하게 된다. 그런데 이러한 발언들은 전혀 시적이지 않
다. 시는 그것이 기술하는 대상이 무엇이든지 간에 단정
하는 발언을 자제하는 편이다. 자신이 운동성에 민감하
다는 사실을 증명이라도 하듯 시는 자주 어떤 여지를 남

140

긴다. 그러므로 삶은 초라하지만 한편으로는 또 어떠하다고 말하거나 지긋지긋하더라도 그것은 삶의 특정한 국면이라고 표현하는 것이 조금 더 시에 가까운 방식이다.

그러고 보니 삶을 오래 관찰하고 이해한 자가 내뱉는 다손 치더라고 비대해진 자아의 낭만적 발언이라 여기기 쉬운 저 표현이 이즈음의 현실에서는 노소에 관련 없이 흔하게 이야기 된다. 생각해보면 끔찍한 일이다. 삶의 충만함과 경이로움에 도취되는 경험도 별반 축적된 바 없이 젊은이들이 곧장 그것의 초라함과 비루함을 목도하는 경향은 씁쓸할 뿐이고, 더욱이 그것이 더 이상 대단한 깨달음도 비의도 아닌 일상이라는 사실은 안타깝기만 하다. 확실히 상실감 내지 열패감은 시대감각이 되었고, 우리는 일정 부분 그것을 달콤하게 혹은 씁쓸하게 즐긴다. 그러나 모두가 그런 것은 아니다. 저 선명한 상실과 실패 들을 못내 못 견디며 몸을 뒤틀고 드러나는 세계를 지운 채 자신이 기어이 발견한 세계를 언어로 보이게 만드는 자들을 우리는 안다. "쓰고 지우고 다시 쓴, 또 지우고 그 위에 새로 쓸 이야기, 들"(「지워지는」)에 목매는 그들은 자주 우리에게 이상한 이미지를 제시하고는 그것의 실감을 감각하도록 유도한다. 그리하여 결국에는 우리를 놀라게 하는 데 성공할 뿐 아니라 우리의 잠든 삶의 감각의 날을 예리하게 세우게 하는 이들이 있으니 그들의 이름은 시인이다.

기이한 영상, 김근의 시집 어디를 펼쳐도 우리는 그것들과 만난다. 우리의 호흡을 붙잡는 그 영상에 이끌려 시의 시공간에 잠시 빨려 들어가면 거기서 우리는 혼돈스러운 탄식과 귓속을 파고드는 비명을 듣게 되는데 그 사이 '기이함'은 '그럴듯함'으로 바뀌어 있다. 기이한 것들은 대부분 그리 기이하지 않다. 우리가 잘 알지 못하는 미지에 대해, 더구나 그것이 우리를 불편하게 만들 어떤 요소들을 보유하고 있다면 더더욱 우리는 그것들에 자주 기이함의 꼬리표를 붙여 거리를 두려 한다. 이것은 단순히 수사적 이야기가 아니다. 앙드레 브르통은 어디선가 '환상적인 것의 가장 놀라운 점은 그것이 환상적이 아니라 실제적이라는 사실이다'라고 말한 바 있는데, 저 말의 '환상'은 '기이함'과 별반 다르지 않다.

김근의 시에서 기이함이 그럴듯함으로 바뀌는 과정에는 기이한 영상과 연동된 현실의 상징질서들이 그만큼 명징하게 드러나기 때문인지도 모른다. 그리고 또 한편으로는 저 혼돈스러운 탄식과 비명에 압도된 상태의 공포가 우리의 지각을 예민하게 깨우기 때문일 수도 있다.

오래전 사람들의 귀가 모두 떨어져버린 날이 있었지 사

원들이 자라나기 시작했던 거야 사제들은 먼지 뭉치처럼 흩어졌고 마른 울음으로 엎드린 강물 물고기들의 울음도 말라 한때 지혜로웠던 경전의 낱장들 사하촌 무너진 담벼락에 걸려 위태롭게 나부꼈어 사원을 감싸고 있던 늙고 굵은 덩굴에서 새빨간 혓바닥들이 돋아나면서부터였대 늙고 굵은 덩굴들은 수관을 닫고 이미 오래전 꿈틀거림을 멈췄지만 돋아난 혓바닥들에선 끊임없이 피가 솟았다지 피 반죽을 뒤집어쓰고 귀도 없이 사람들은 사원에 갇혔어 사람들의 살과 뼈를 취해 사원은 제 새로운 벽돌을 만들어 쌓았다는군 사람들에게 남은 것은 아아아아아아악 비명들뿐이었대

—「떠도는 사원」부분

근대적 시간관과 세계관에서 비교적 자유로운 시는 종종 고대와 현대를 뒤섞거나 자연과 문화의 구분을 무화시킨 채 말한다. 이 화법은 오래되었으나 근간에 김근만큼 그것을 효과적인 전략으로 삼아 개성적으로 사용하는 이도 드물다. 김근은 자연의 난폭함으로 문화를 말하고 고대의 신화를 통해 현대의 부조리를 들춰낸다. 가령, 인용한 시에서 드러나듯 예기치 못한 가뭄에 집단 폐사한 물고기의 모습은 우리의 삶의 감각들이 뿌리내릴 적절한 토양이 되지 못한 채 마치 불모지가 되어버린 현대의 문화를 비추고 있다. 또한 가공된 신성함을

빌미 삼아 권력이 사람들의 살과 뼈를 취해 사원의 벽돌을 쌓은 일은 분명 고대의 일이지만, 김근에게는 그것이 명백한 현대 세계의 알레고리로 파악되기도 하다. 그러고 보면 도시에 사원이 떠돈다는 표현도 그리 기이한 말은 아니다. 좀더 정확히 말하자면 도시에 사원에 관한 전설이 떠돈다는 의미일 텐데, 이 말은 도시의 육체가 자신의 병적 징후를 언어로 드러낸다는 뜻과 그리 다르지 않다. 여기에서 굳이 자본의 종교성을 이야기할 필요는 없을 것이다. 노동자의 육체를 수탈해서 자신만의 강력한 성벽을 쌓아가는 자본과 그에 사로잡힌 사원(社員)으로서의 삶이라면 우리의 주위에 널리고 널렸으니 말이다.

김근의 시가 현실 세계의 난폭함과 불모성을 드러내는 데 꽤나 능숙하지만 그렇다고 해서 그의 시가 저 폭로만을 목표로 삼는다고 말하기는 어렵다. 이는 그의 시가 말하는 방식에 좀더 주의를 기울여보자는 말이기도 한데, 살펴보면 김근의 많은 시편들은 시의 전통적 발화법인 1인칭의 화법으로부터 비켜서 있다. 시인은 자주 관찰자 시점의 짧은 이야기를 짓듯 시를 쓴다. 이 관찰은 묘하게 이중적인데, 시에 기본적으로 어떤 거리감이 형성되다 보니 독자들 또한 시의 이미지에 감정적으로 동화되기 힘들어진다. 이와 같은 일종의 소격효과로부터 몇 가지 장점들이 발생한다. 독자는 이미지를 자신의 감정을 주형하는 매개로 받아들이는 대신에 그것의 발생과 관련한 현실의 상징질서를 스스로 관찰하고 고민하도록 유도된다. 그러니까 김근 시의 현란하고 특이한 이미지들은 그것을 산출한 세계를 탐색하는 과정으로 나아가기 위한 경로인 셈이다.

그런데 저 소격효과가 불러온 특별한 장점은 또 있다. 시인은 자신이 관찰한 세계와 거리를 두는 것만이 아니라 자신의 감각과 언어까지도 관찰할 기회를 갖게 된다. 다시 말해 시인이 자신의 관찰을 육화하여 제시하는 동안 어느새 그 육체의 이미지 자체도 시인에게는 관찰의 대상으로 변한다. 앞서 관찰이 이중적이라 말한 이유가 여기 있다. 김근이 세계의 불모성과 난폭함을 마주할 때 그의 시의 육체들은 고통에 일그러져 있다. 그런데 또 한편으로 그의 시에서의 육체는 저 고통과 무관한 다른 감각들 속에 놓일 때가 많다. 그것은 자주 무기력하고 피를 흘리고 속절없이 늙어가는 중이지만, 한편으로는 수난으로만 해명할 수 없는 다양한 모습을 보여준다. 가령, 고통 속에서 발견한 힘센 활기의 기억이 펼쳐지기도 하고, 때론 도덕과 교양에서 놓여난 즉물적 상태의 육체가 시화되기도 한다. 어쩌면 김근은 세계의 난폭함과 불모성을 뛰어넘을 수 있는 가능성을 육체를 통해 발견하려 했던 것은 아닐까.

*

    세계와의 접촉면으로서 몸이라는 거점은 늘 시의 주요한 관심의 대상이었다. 실재의 복잡성을 선호하는 시에게 '내 몸'이라고 표현되는 묘한 타자성의 지점은 분명 어렵고도 흥미로운 영역이었을 것이다. 시가 재현적인 언어의 문법적 틀을 거부했던 이유는 몸이 먼저 항상 그것을 부당하다 여겼기 때문이다. 가령 몸이 감지하는 가역적 시간성은 과거와 현재를 선명히 구분하려 하는 언어의 시제가 감당하기에 수월치 않았으며, 또한 특정 기억을 망각하거나 혹은 불현듯 예기치 않은 기억을 쏟아내는 몸의 변덕은 인과를 따르는 언어의 논리에서 보면 당황할 만한 사태였다.

    기본적으로 김근의 시에서의 육체 또한 저와 같은 탄력을 내장하고 있다. 차이가 있다면 김근의 시가 기록하는 육체의 모습은 저 사후 설명적인 언어보다 훨씬 더 모호하고 까다롭다는 것이다. 시가 육체에 개념과 지식에서 벗어난 상태에서 접근한다는 말이 합당한 만큼 시의 이미지들이 지식과 개념이 되어가는 것도 사실이기 때문에, 시의 육체 역시 늘 새로운 것만은 아니다. 육체는 비지(非知)의 영역이라 말하는 시는 많지만, 육체의 비지를 실천하는 시는 그만큼 드물다. 학습된 도덕과 교양이 상상 이상의 권위를 지니기 때문이다.

　　여자가 살을 파내고 나를 심는다
　　나는 아무 저항 없이 여자의 살에 뿌리를 내린다
　　내 실뿌리들이 혈관을 타고 여자의 온몸으로 뻗어나
간다
　　여자를 빨아먹고 나는 살찐다
　　언젠가 여자는 마른 생선처럼 앙상해질 것이다

　　옛날에도 그랬다

　　나는 커다란 종기처럼 여자에게서 자랐다
　　나라는 고름 주머니를 달고 여자가 길을길을 갔다.
　　　　　　　　　　　　　　　　—「길을길을 갔다」 전문

　'나'의 육체가 '여자'의 육체에 기생하는 형국이다. 이
상한 관계에 관한 이야기인 듯하지만 어찌 보면 신성한
(?) 시간을 표현한 것인지 모른다. 옥타비오 파스의 말
마따나 신성한 시간은 우주를 자장(磁場)으로 바꾸어
존재들 사이에 인력을 빚는다. 나의 육체와 여자의 육체
는 단절을 넘어 서로의 육체와 깊은 관계를 맺는다. 본능
적이라 부를 수 있을 만큼 저항 없이 자연스러운 두 육체
의 움직임은 고독감을 지우는 듯하면서도 더한 고독감

으로 빠져드는 모습처럼 보인다. 폭력적인 관계성을 보여주고 있지만 그것이 잔인하다거나 역겹다는 반응보다 서글픈 느낌을 일으키는 것은 고독으로부터 벗어나기 위해서 우리는 일정 부분 자신을 파괴하는 과정을 거쳐야 한다는 직관 때문일 것이다. 거울상처럼 마주 보는 안전한 상상적 관계를 깨기 위해서는 누군가의 거울에는 금이 가야만 한다. 저 관계적 양상은 우선 어미와 자식의 관계를 떠오르게 한다. 제 살을 내어주며 자식을 키우는 모성애는 성정치학적 관점에서 이의를 제기할 만하나 저 몸은 아직 모성도 정치도 모르는 상태인 듯하다. 게다가 그것이 꼭 어미의 육체일 필요 또한 없다. 제 살을 내어주며 남자를 기르는 게 꼭 어미만은 아니기 때문이다.

어떤 공격성과 의존성도 제거된 관계란 비현실적이다. 도덕과 교양은 그것을 자제하고 제거하라 말하지만 우리는 육체에서 그것을 근절할 수 없다는 점 또한 알고 있다. 여자의 육체 역시 그런 점에서 다를 바 없다. 여자의 주체성은 주격조사라는 문법적 장치를 활용한 착란처럼 보이는 면이 전혀 없지 않지만 저 몸 역시 남을 위해 자신을 희생한다는 대의보다는 스스로의 욕망에 의해 펼쳐야만 하는 행위들을 완수하는 듯 보이는 것도 사실이다.

폭력적이기에 되레 더 깊은 육체적 관계처럼 보이는 시의 이미지들은 성애적 장면의 변환으로 읽힐 여지가 풍부하다. 하지만 특이하게도 이 에로스는 황홀함이나 충만함을 주기보다는 공허하다. 황홀함과 충만함 또한 육체의 관계 맺음에 대한 사후적 가치 부여라는 점을 염두에 둔다면 긍정적 의미로 취급되기 힘든 원초적인 공격성과 의존성만을 보유한 연약한 육체, 그리고 그것을 계산 없이 받아주며 자신을 내주는 기묘한 내맡김의 태도를 보이는 몸의 모습은 의미와 가치를 획득하는 방식에서 멀어져 있다는 점에서 닮았다. 저 불우한 육체의 모습이 우리에게 알리는 바는 김근의 시가 불모의 상태나 폭력성과 연관되어 있는 즉물적인 상태로서의 육체에서 시작한다는 점이다. 그러므로 이 시집의 서시는 철저히 육체의 길을 가겠다는 시인의 선언일지도 모른다. 그래서 시인은 '길을 갔다'고 적지 않고 "길을길을 갔다"고 적었다. '길을'이 멀끔한 정신의 직립보행을 연상시킨다면 "길을길을"은 정신의 높이를 제거한 육체가 낮은 곳에 위치한 진창을 기어가는 모습을 떠올리게 한다. 육체의 신비를 육체 자체로 관통하려는 시인의 시도는 그래서 다음과 같은 절창을 낳기도 한다.

혹 그대가 아니었나 몰라 어젯밤 어두운 벌판에서 베었던 수많은 꽃모가지들 아무리 칼을 놀려 베어도 잘린 자리에 끝없이 돋아 피던 그 밤의 꽃들이 실은 그대가 아니었나 몰라 간밤엔 마른 바람의 불거진 등뼈가 휘두른 칼

끝에 만져졌다 칼날의 한쪽으로만 달이 뜨고 지고 등뼈
를 다친 바람이 떨어진 꽃모가지들 위에서 한번 휘청거렸
으나 그것은 시간의 일 한 백 년쯤이나 바람은 다친 등뼈
로 내 앞에서 휘청거렸을지도 모를 일 그 한 백 년쯤 나는
또 꽃을 베듯 그대를 베었을지도 모를 일 달도 지고 뜨지
않는 칼날의 한쪽이 챙, 짧고 낮게 울었다 낭자한 세월인
그대 지난밤 벌판에서는 벌거숭이로 낯선 짐승 한 마리가
실은 꽃을 쥐어뜯으며 먹고 먹다 토하고 토하고 다시 먹고
하였던 것인데 정녕, 아니었나 몰라, 그 붉음이, 실은, 그
대가, 자꾸 부스러지는 공기의 지층 위 그대라는 달콤하
고 슬픈 종족이 새겨놓은 희미한 암각화에 홀려 나도 짐
승도 꽃모가지도 바람도 벌판도 가득 붉어지지는 않았는
지, 몰라,

—「허허」 전문

한 번을 읽고 또 재차 몇 번을 반복해 읽어도 소리 없
이 눈으로만 따라 읽기에는 헷갈리고 어려운 호흡이 실
린 시다. 소리 내 조용히 입술을 움직여 따라 읽어본 사
람이라면 이 유장한 말의 이어짐이 그 자체로 시의 이미
지를 만든다는 것을 감지하게 된다. 끝에 다다른 듯한
사랑의 슬픔이 단 한 번의 실패가 아니라 영원한 반복
이고 굴레임을 알아차리는 자의 고통은 처절하다. 이 고
통이 특별히 아픈 이유는 내 사랑의 슬픔이 영원히 반

복될 것이라는 예감 때문이 아니라, 그것이 이미 시작됨과 동시에 운명처럼 실패를 예정하고 있었다는 뒤늦은 깨달음 때문이다. 말하자면 한 실연의 슬픔 속에서 저 육체는 지금 쉽사리 초월할 수 없는 정체성을 확인하는 중이다.

시인은 자신의 육체가 빠져들었던 일이 어떤 균형에 도달하지 못한 채 참혹한 결말에 이른 경험을 통해 육체를 회의하기 시작한다. 회의에 빠진 육체가 홀림과 끌림이라는 육체의 일을 의심하기 시작하자 그것은 돌연 위태로워진다. 세월이 낭자해지고 육체가 먹다 토하고 다시 먹고 하는 일은 육체가 맞이한 파국의 표현일 것이다. 그런데 동시에 그것은 육체에 의식의 반성작용이 개입된 흔적이라고도 할 수 있다. 아니 그것은 어쩌면 저 개입에 끝까지 저항하는 육체의 반란인지도 모른다. 비지의 육체를 실천하는 것처럼 읽힌 이 시집의 서시가 과장이 아니라면 시인은 육체의 물질적 무게감을 손쉽게 저버리고 반성적 의식의 차원으로 시를 도약시켰을 리 없기 때문이다. 아무래도 시집의 곳곳에 적힌 어둠과 죽음의 아우라는 육체의 물질적 무게감과 같은 듯 보인다.

*

　육체의 회의와 반란은 김근의 시에 또 한 번의 새로운 계기를 만들며 복잡한 실재로서의 육체로 향한 길을 낸다. 이는 무엇이든 될 수 있을 것만 같던 육체가 어떤 것도 쉽사리 되지 못한 채 유한성과 경계를 감지하기 시작하는 말이기도 하다.

　　우리는 혁명을 기다리는 검은 그림자도 되지 못하고 그
　　리움으로 뻗어나가는 푸른 이파리는 더더욱 되지 못하고,
　　하늘과 땅 사이를 쏘다니지요. 단지, 고삐 풀린 천사처럼.
　　　　　　　　　　　　　　　　　─「지극히 사소하고 텅 빈」부분

　다소 이분법적이기는 하나 혁명을 기다리는 검은 그림자는 육체성을 탈각하고 정신성으로 도약하는 상태의 이름으로, 그리움으로 뻗어나가는 푸른 이파리는 육체성을 끈질기게 부여잡고 있는 상태의 이름으로 볼 수는 없을까. 이 경계에 대한 인식은 그러나 앞서 말했듯이 어떤 좌절의 상태만으로 파악될 순 없다. 저 이중적 움직임 속에서 육체는 부정하는 의식과 물음의 도움을 받아 더욱더 실제적인 육체성을 부여받는다. 이를테면 육체는 자신의 영역에 얼룩진 고독감을 더 이상 본능적

으로 회피하지도 않으며, 또한 수탈당하는 자신의 상황에 무력하게 당하고만 있지 않는다. 시인의 몸은 이제 고독 속에서만 만져질 수 있는 자신의 근원에 대해 알아갈 뿐 아니라 수탈 속에서도 송두리째 빼앗기지 않는 육체의 기지(奇智)를 발견한다. 그리고 이와 같은 발견은 다음과 같은 독특한 타자에 대한 기다림으로 이어진다.

오기만, 밤으로, 주렁주렁, 죽을 수밖에 없었던 수많은 생시를 매달고, 몸 깊숙한 데로 시인이, **흐흐흐흐**, 텅 빈 내장 안쪽에서부터 아프지는 않게, 해도 긁지는 전혀 못하는 가려움증처럼 스멀스멀, **온몸의 터럭들을 다 세어보았으면, 당신 그저 시퍼런 몸뚱이였으면, 휘까닥 눈 뒤집혀 내가 매달리던 안달하던, 우울증을 앓던 당신의 젖꼭지, 들 우둘투둘한 그것들은 몇 개였는지,** 알 수도 없게, 죽어 시인인지 시인이라 죽었는지, 도통, 밤은, **흐흐흐흐**, 환하고 바싹 마르고 부서지고, 발가벗겨져 나는, 살았는지 죽었는지 시인인지 버려진지, **당신, 온몸에 젖꼭지를 매달고 있었던가, 혹 없었던가 수많은 발을 달고 당신의 시퍼런 몸뚱이를 기어 다녔으면, 샅샅이 젖꼭지와 터럭들 사이사이, 조그만조그만해져서 베일 만큼이나 가늘어져서는 긴 더듬이만으로 나는 아주,** 주렁주렁, 달아나지는 못하고, 가까스로 시인인 것들로부터, 살아나는, 되살아만 나서, 가까스로 죽음인, 점점 **빳빳해지는 몸, 뚱이,**

주렁주렁주렁, *그랬으면, 있다고도 할 수 없게, 더듬이도* *나도 당신도 젖꼭지도 깃들일 세월도 뼛가루 날리는 바람* *도, 영영,* 썩어 흐물흐물 시인인 줄도, 잊고, 어둠 따위는, 거느리지도 않고, 웃음소리만, **흐흐흐흐**, 시인인 채로, 대 낮처럼 눈을 찌르며, **흐흐흐흐**, 밤으로, 가지는 않고, **영** **영**, 오기만, **흐흐흐흐**,

—「죽은, 시인」 전문

　제의적인 언어가 지면 가득 흘러넘친다. 무엇을 부르 는 제의인가 들여다보니 바로 시인을 부르고 기다리는 내용이다. 시인이 시인을 기다린다. 아이러니한 상황이 지만 또한 시와 그것을 세상에 내놓는 육체의 경험을 이 해한다면 이는 단지 아이러니라는 말로 정리하기 어려 워진다. 이 시가 기다리는 시인과 밀접한 관련이 있는 저 기이한 소리의 성격을 우선 파악해보자. "흐흐흐흐" 라는 기이한 소리가 이끄는 표현들은 그 소리에 삶과 죽 음의 경계를 가로지르는 귀기 어린 생명성의 흔적이 담 겨 있음을 말하며, 또한 그것이 슬픔이나 기쁨의 표현 으로 한정할 수 없는 전변성(轉變性)을 띤다고 알려준 다. 사실 이와 같은 성격들은 그대로 '시'에 대한 이야기 에 가깝다.

　시는, 삶과 죽음 혹은 죽음과 삶 사이에서 몇 번씩 도 약을 하는 경험이다. 이것은 비유가 아니다. 흩뿌려진

퍼즐의 조각 같은 시어들이 머뭇대는 의식처럼 보이는 쉼표의 장벽을 뚫고 이어져나갈 때, 또는 그것들이 몇몇의 문자들을 사선으로 뉘인 착란의 무게를 감당하며 나아갈 때, 여기에 생과 사의 경계를 뛰어넘는 몇 번의 도약이 존재하지 않는다고 말하기는 힘들다. 이때의 시어는 정보를 실어 나르는 단순한 기호가 아니며 무언가를 대신하는 상징도 아니다. 그것은 살아 있는 말의 육체이며, 새로 태어나는 육체의 말이다. 옥타비오 파스가 언급했듯 말의 육체는 단숨에 지면을 찾아오는 게 아니라 말의 기호적 성격이 소멸되는 순간을 거치고서야 당도하며, 육체의 말은 해석이 아니라 본래부터 인간의 조건을 드러내는 기능을 하기 때문이다. 말과 사물이, 또는 말과 존재가 분리되지 않았던 시절의 기억이 순간적으로 점화되어, 말이면서 동시에 존재인 이미지를 토해내는 시인의 육체를 강렬한 열망으로 압박해오는 순간이 여기에 있다. 이 특별함을 신비주의적 색채가 드리워진 서술로 판단할 수도 있지만, 실은 이미 우리 앞에 와 있는 평범한 것들의 현존에 대한 구체적인 체험도 저 신비로운 시적 경험의 순간과 별반 다르지 않다. 시집의 후반부에 실린 가족에 대한 시편들이 아마도 이에 좋은 예가 될 듯하다.

*

　개인적으로는 시인의 개인사를 전혀 알지 못하지만, 「조카의 탄생」 연작을 읽어보면 시인 김근이 성장한 배경과 그의 가족사를 유추하는 일이 가능할 것도 같다. 이 연작은 일종의 시인의 자화상이면서 동시에 한 개인의 탄생을 매개로 하여 지난 시대의 소박한 소망들을 아름답게 펼쳐 보이는 수작이다. 시를 토대로 조심스럽게 추측해보면, 시인의 부계 쪽 가족들은 과수업에 종사한 농사꾼들이었을 것이며 모계 쪽 집안에는 봉제와 방직을 업으로 하는 이모들이 많았을 것 같다.

　연작은 말 그대로 '조카의 탄생'으로 시작된다. 이 작품은 시인이 조카의 탄생을 경험하며 느낀 바를 토대로 작성되었다. 아마도 시인은 그때 경이를 느낀 듯하다. 한 생명의 탄생을 통해 하나의 육체 안에 흘러든 또 다른 육체를 확인하고, 그 육체를 둘러싼 소박한 소망들과 기쁨을 바라보며 시인이 순결하고 진실한 육체의 생산성을 알게 된 것은 아니었을까. 그리고 이 경이로부터 자신의 육체에 깃든 다른 육체의 흔적을 조금씩 추적해가며 자화상과 가족상을 그려볼 계획을 했는지도 모른다. 연작은 다소 희극적이면서도 쓸쓸한 느낌을 자아내는데, 그것은 이 연작이 우리의 지난 역사가 내장하고

156

있는 가난하고 평범했던 한 가계의 진실한 모습과 소박하고 아름다운 소망을 있는 그대로 담고 있기 때문이다. 우선 조카의 탄생부터 보자.

> 무어라 불러야 할까 당신과 나 사이
> 오직 당신이기만 나이기만 한 저것을
> 동시에 당신과 나인 적 없는 저 주머니를
>
> 당신이 나 몰래 말을 넣었나
> 내가 당신 몰래 말을 넣었나
> 빼꼼한 주둥이를 벌리면 말들이 자꾸 기어 나와
> 말들 무늬를 이루고 그 무늬 어긋나 헤아릴 수 없고
> 시나브로 내 몸으로 당신 몸으로 병균처럼 옮아가
> 떼어내도 떼어내도 스멀스멀 온몸에 새겨지는 말들의
> 무늬
>   ―「조카의 탄생―부하고 모하는 사이」 부분

시인은 조카의 모습을 주머니에 빗대고 있다. 주머니가 마법처럼 무언가를 꺼내거나 혹은 마법처럼 무언가를 감추고 담아내는 역할을 하기 때문이다. 주머니 같은 조카가 마법처럼 꺼내놓은 건 다름 아닌 말이다. 누가 넣어준 것도 아닌데 알아서 그것을 꺼내놓는 아이는 신비하다. 아이의 첫 말은 우리에게 생경하고도 낯익은

모순적인 감정을 제공하는데, 이는 아이의 말이 우리의 말과 닮아 있으면서도 다르기 때문이다. 아이가 자신의 온몸을 사용하는 듯한 울림으로 첫말을 길어 올리는 순간 우리는 그 말을 단지 말로만 느낄 수 없다. 그것은 유전된 육체의 조각이며 우리가 상실한 말의 육체 그 자체이기도 하다. 시인이 아이의 말을 "지워지지는 전혀 않고 말들/이라고는 하지만/발음할 수는 전혀 없는 말들"이라고 노래하는 이유도 여기에 있다. 이 순결한 육체와 말 앞에 시인은 응답이라도 하듯 다시 마법처럼 자신의 몸에 깃든 또 다른 순결한 육체와 말들을 꺼내놓는다.

> 너도 언젠가 이해하게 될 날이 올 거란다 금세
> 녹슨 쪽가위를 부지런히 놀리면 너도 매끈해질 거야
> 이따금 얇아질 대로 얇아진 옷가지들에 구멍이 나도
> 걱정따윈 접어두려무나 아직도 밤이면 가랑이 사이로
> 기어 나오는 싸구려 옷가지들 울음도 없이 너무 많으니
> 우리는 그것들을 자르고 덧대 언제든 너를 수선할 거
> 란다
> 덧대다 덧대다 네가 아주 다른 너여도 결코 당황하지
> 마렴
> 그래도 너는 우리의 사랑하는 조카란다 질리도록
> 이어 붙이고 덧대고 또 이어 붙인 잘도 태어나는 수많
> 은, 조카야

조카의 탄생을 맞으며 이모들이 쏟아내는 말들은 두
가지 기능을 한다. 우선 하나는 그녀들의 과거를 그리
는 일이다. 저 말들은 봉제 공장에서 과도한 노동에 시
달리면서도 저 아닌 다른 가족들을 생각하며 참고 성실
히 일을 했던 산업화 시대의 봉제 노동자들의 삶을 그
린다. 그들이 만들었던 것은 싸구려 옷가지들이었지만,
그들의 노동은 절대 싸구려가 아니었다. 그것은 한 시대
의 가난을 지워낸 고귀한 노동이었고 자신과 가족의 떳
떳한 생존을 만들어낸 값진 체험이었다. 하지만 한편으
로 그 노동은 제대로 평가받고 보상받지 못했다는 점에
서 우리 모두의 아픈 기억이기도 했다.

그런데 특이하게도 이모들이 쏟아내는 말들은 마치
자신들의 고통을 어떤 종류의 자신감으로 전환하는 말
처럼 들리기도 한다. 그럴 수 있던 이유는 그녀들의 말
의 수신처 중 하나가 이제 막 태어난 조카이기 때문이
다. 자신들이 경험한 부당함과 서러움이 조카에게는 전
해지지 않기를 소망하며 이모들은 자신들의 경험을 바
탕으로 조카의 삶을 보호하고 지켜주겠다고 마음먹는
듯하다. 하나의 삶이 이제 막 시작하는 또 하나의 삶에
자신이 육체가 습득한 슬픔을 질료 삼아 따뜻한 온기를
전하는 이 모습은 아름답기 그지없다. 유전되는 육체

사이에서 발현되는 이 짠하고 따뜻한 유대감은 이모들의 것만은 아니다. 조카의 탄생 연작에는 이모들이 봉제 노동자로 살았던 시대와 비슷한 시기에 과수업에 종사한 듯한 삼촌들의 삶과 그들이 태어난 조카를 위해 기원했던 소망들도 기록되어 있다. 생각해보면 1960~70년대를 통과하며 산업화를 경험한 세대들에게 한결같았던 소망은 그들의 피붙이들이 자신이 종사했던 제조업과 농업을 벗어나 살게 하는 일이었다. 조카의 탄생 연작에 쓰인 이모와 삼촌의 말들은 저 단순하고 소박하면서도 진실했던 소망의 기록에 육체성을 부여한다. 그리고 우리는 그 말들이 단순히 말에 그치지 않고 조카의 육체에 특별한 물질성으로 온전히 작용했을 것이라 추측할 수 있다. 한 개인의 경험이 자신의 육체 안에서 고립되고 사라지지 않은 채 다른 육체의 삶에 생산적인 영향을 미치고 흘러드는 모습은 죽음에서부터 삶으로의 도약에 못지않은 경이를 이룬다고 말할 수 있다.

「조카의 탄생」 연작은 한결같이 좋아 어느 한 작품도 빼놓고 말하기 아쉽지만, 단순하고 명징한 말들로 우리의 몸을 가장 크게 육박해오는 어미의 말을 한 편 더 읽어보기로 하자.

손 위에 손이
발 위에 발이

몸 위에 몸이
포개지네

눈 위에 눈이
귀 위에 귀가

당신 위에 당신이
미끄럽네

간신히
바람은 바람 위에
　　　　　　—「조카의 탄생─어미의 말」 전문

　이모와 삼촌 그리고 아비의 말과는 달리 어미의 말은
정갈하고 단정하다. 그에 비해 시가 내뿜는 기운은 결코
적지 않다. 누구보다 더 내밀한 육체의 기억을 간직하고
있을 어미의 말이 다른 이들과 달리 이렇게 단출한 모습
을 보이는 것은 의외다. 하지만 피붙이에게 어미라는 존
재는 말보다 직접적인 행동으로 먼저 다가가고, 격려하
고 다그치기보다는 눈길로 어루만지는 시간이 많은 사
람이라는 점을 고려한다면 저 단정한 말의 형식은 꽤나
적절한 것인지도 모른다. 게다가 저 단출한 말은 결코

육체적으로 덜 내밀하다고 말할 수 없게 조직되어 있다. 손과 손, 몸과 몸이 포개지는 장면은 아이의 육체가 어미의 육체에 기생하며 또는 그것을 모방하며 성장하는 과정을 그리게 한다. 눈 위에 눈, 귀 위에 귀가 포개지는 장면은 시선을 맞추고 말이라는 매개 없이도 대화를 주고받는 아름다운 장면으로 우리를 이끈다. 이 아름답고 순결한 관계에 또 다른 관계를 맺어줄 수 있는 것은 전적으로 시인이 육체의 경이로운 생산과 유대에 눈이 밝기 때문이다. 무슨 말인가.

"당신 위에 당신이/미끄럽네"라는 표현은 어미의 육체 또한 아이의 육체처럼 어떤 보살핌과 마주 봄 속에서 길러졌으며 그 기억이 그녀의 육체에서 아이의 육체로 미세하고도 조심스럽게 이어지고 있다는 걸 보여준다. 그런데 왜 조심스러울까. 저 유전은 선별적일 수 없기 때문이다. 소위 예쁘고 좋은 것만 전하고 싶은 부모의 마음과 달리 아이가 전해 받는 것은 부모 스스로도 미처 확인하지 못한 자신의 모습까지 포함하기 때문이다. 육체의 생산이 띠는 그러한 모습은 바람처럼 자연스럽다. 아니, 한 인간의 의도와는 무관에게 작동하고 그에게 영향력을 행사한다는 면에서 육체의 생산성은 자연 그 자체인지도 모른다.

*

　시와 육체의 친연성에 대해서는 자주 이야기되어 왔
지만, 김근의 이번 시집만큼 육체의 신비를 육체를 통
해 도달하려는 시도로 풍부한 시집도 드물다. 육체의
신비란 육체의 생산성의 다른 이름이다. 육체를 생각으
로 다루려는 자들의 시편은 육체의 변덕과 통제 불가능
한 성격을 정념의 이름으로 빌려 과잉적으로 제시하면
서 육체를 시를 노리기 위한 좋은 노름판으로 활용하였
다. 이에 반해 김근은 생각으로 다루기 힘든 육체의 상
태를 그대로 받아들임으로써 비지의 영역이 보유한 신
비를 차분히 관찰하고, 회의하고, 때때로 아름답게 노
래하며, 단 몇 번의 시화로 생산성을 소진하는 육체의
모습을 부정해냈다. 이와 같은 소중한 성과는 시인이 삶
의 초라함이나 하찮음조차 아껴 관찰하고 불모지 같은
세계에서도 삶의 다른 기미들을 발견하려 애썼기에 가
능했으리라. 김근이 시에 쓴 대로라면 한 사람의 기원은
다른 사람의 육체에 따뜻한 온기와 활기를 불어넣을 수
있다. 나는 이 말을 곧이곧대로 믿으며 그의 시가 영원
히 길 없이 "길을길을" 헤쳐가기를 기원한다. ▨